Season20

▲ Episode 10

▲ Episode 7

Season20

相棒 season20

中

脚本・輿水泰弘ほか／ノベライズ・碇 卯人

朝日文庫

本書は二〇二一年十月十三日〜二〇二二年三月二十三日にテレビ朝日系列で放送された「相棒 シーズン20」の第八話〜第十三話の脚本をもとに、全六話に構成して小説化したものです。小説化にあたり、変更がありますことをご了承ください。

相棒 season 20 中

目次

装幀・口絵・章扉／大岡喜直（next door design）

杉下右京　警視庁特命係係長。警部。
冠城亘　警視庁特命係。巡査。
小出茉梨　家庭料理〈こてまり〉女将。元は赤坂芸者「小手鞠」。
伊丹憲一　警視庁刑事部捜査一課。巡査部長。
芹沢慶二　警視庁刑事部捜査一課。巡査部長。
出雲麗音　警視庁刑事部捜査一課。巡査部長。
角田六郎　警視庁組織犯罪対策部組織犯罪対策五課長。警視。
青木年男　警視庁サイバーセキュリティ対策本部特別捜査官。巡査部長。
益子桑栄　警視庁刑事部鑑識課。巡査部長。
中園照生　警視庁刑事部参事官。警視正。
内村完爾　警視庁刑事部長。警視長。
社美彌子　内閣情報調査室内閣情報官。
甲斐峯秋　警察庁長官官房付。

相棒

season
20 中

第六話 「操り人形」

一

〈文東大学〉のキャンパス内で白骨死体が見つかったと聞き、警視庁捜査一課の伊丹憲一と芹沢慶二が現場に駆けつけたときには、すでに出雲麗音の姿があった。

「お疲れさまです」

伊丹はうなずき、地面に敷かれたブルーシートの前へと移動した。シートの上には掘り出された人骨が並べられていた。

「おっす」鑑識課の益子桑栄が捜査一課の三人の臨場に気づいた。「サークル棟の建て替え工事だってよ。まったく……えらいもん掘り当てちまったもんだ」

白骨化した遺体に手を合わせた後、芹沢が訊いた。

「キャンパス内ってことは学生っすかね？」

「仏さんは成人男性。頭蓋骨に大きな傷がある。殺しと見て間違いないだろう」

益子の説明に出てきた一語が、伊丹の注意を引いた。

「殺し……」

「ただな、死後おそらく五十年近く経ってるぞ」

「五十年⁉」芹沢が目を丸くした。

「とっくに時効は過ぎてるってことか」伊丹は早々に興味を失ったようだった。「まあ今回、俺たちメジャーリーガーはお呼びじゃないってことだ。んっ？」

と、そこで伊丹は大袈裟な身振りをしてみせた。

「かゆい……。なんか背後に嫌な気配……」

伊丹は警視庁特命係のふたりに対して、特別に敏感なアンテナを持っていた。そのアンテナが反応したとおり、背後から冠城亘が顔をのぞかせた。

「メジャーリーガーがどうかしました？」

「出たよ、背後霊」

顔を顰める伊丹に、杉下右京が言った。

「ご心配なく。ちょっとのぞかせてもらうだけで、お邪魔するつもりなど毛頭ありませんから」

「白々しい」

右京の言葉を端から信じていない伊丹に、芹沢が耳打ちする。

「先輩！ 特命におあつらえ向きじゃ……」

「そうだな」伊丹がにやりと笑った。「警部殿、のぞくだけなんておっしゃらずに、どうぞ気の済むまでとことんお調べください」

「はい？」

「いつもとようすが違いますが、どういう風の吹き回し？」

邪険に追い払われるのが常なので亘が戸惑っていると、伊丹が笑顔を作った。

「我々、おふたりと違って多忙なもんで。では」

さっさと立ち去る伊丹に、芹沢が従う。

「事件解決を祈っています。では」

残った麗音が特命係のふたりに事情を明かした。

「五十年前の白骨死体みたいなんですよ」

「出雲！」

「はーい！」

芹沢に呼ばれて麗音が去ったところで、亘が苦笑した。

「時効が成立した事件、押しつけられたってことですね」

「そのようですねえ」

亘がしゃがみ込み、白骨に視線を走らせる。

「だけど、まじまじ見ると気味が悪いですね」

「そうでしょうか。人間誰しも皮と肉をそぎ落とせば、このありさま。そう考えると、僕は親近感が湧きますけどねえ」

「僕はときどき右京さんの感性がわかんなくなりますけどね」

亘が揶揄したとき、頭蓋骨が突然ごろんと転がった。

「あぁっ！　びっくりした……」

腰を抜かす相棒の隣で、右京は首を傾げた。

「成仏できていないんでしょうかねえ……。冠城くん！」

「はい？」

「今、なにか聞こえませんでしたか？」

「いやなにも……」

「被害者の霊がまだこの辺りをさまよっていて、我々になにか告げようとしているのかもしれません」

「怖いこと言わないでください」

亘は真顔でそんなことを言っている上司がなにより恐ろしかった。


一週間後、右京と亘が特命係の小部屋でくつろいでいると、組織犯罪対策五課長の角田六郎がいつものようにコーヒーの無心に来た。

「暇か？」これまたいつもの挨拶だ。「なあ、例の白骨、身元わかったのか？」

「一九七三年に行方不明になった学生がいましてね。今、DNA鑑定の結果待ちです」

亘が応じると、角田はホワイトボードの前に立ち、そこに貼られた被害者らしき人物の写真と手書きのプロフィールに目をやった。

「ああ、これか。へえ、〈革青同〉、過激派だったのか」

「学生組織の幹部だったようです」

「学園紛争のあった時代……隔世の感が否めないね」

角田が過去を懐かしがっていると、亘のスマホの着信音が鳴った。

「冠城です。……わかりました」亘は電話を切るとすぐに右京に報告した。「例の骨、岡田茂雄で間違いないようです」

ホワイトボードの写真の人物こそが岡田茂雄だった。

「そうですか」右京が生返事をした。

「遺骨を親族に渡せば一件落着。お役御免。これできっと成仏してくれるでしょう」亘はそれでおしまいにしたかったが、右京はなにやら考え込んでいた。「まだこだわってらっしゃるんですか？」

「なになに？　どうしたの？」

取っ手の部分にパンダの乗ったマイマグカップを持ったまま興味を示す角田に、亘が説明した。

「この被害者、当時から敵対するセクトに命を狙われてると噂されてたようなんです」

「というと、過激派同士の内ゲバで？」

「主導権争いにはじまり、双方合わせて十人以上の死者が出る激しい闘争を繰り広げたそうですから」

「そういう時代だったんだ。今の若い奴らにはさっぱり理解できないだろうね」角田は昔を懐かしむような目になり、「で、なににこだわってんのよ？」と訊いた。

右京が椅子から立ち上がり、紅茶をポットからカップに注いだ。このときポットを高く掲げるのが右京のやり方だった。

「当時の活動家は内ゲバの戦果を誇るのが常でした。敵対するセクトの幹部を殺した場合、自らの力を誇示するような犯行声明を出したものです。わざわざ遺体を埋めてその戦果をなかったことにするというのは、いささか不自然ですねえ」

「だそうです」亘が角田に言った。

「でもお前、半世紀も前の話じゃ、今さら調べたところでなにも出てこないだろ」

「って言ってるんですけど」と亘。

「とっくに時効が成立してる事件に首突っ込んでもしょうがないんじゃないの」

「って言ってるんですけど」

右京が開き直る。

「細かいことが気になるのは僕の悪い癖」

数日後の夜――。

秘書の新島敏夫はドアをノックしてから、〈カジハラロジスティクス〉の社長室に入った。梶原太一はそのとき苦渋に満ちた表情で、岡田茂雄の白骨死体が見つかったことを報じる記事の載った夕刊紙に目を落としていた。

「社長、そろそろ先方とのお約束の時間ですが……。社長？」

新島が再度呼びかけると、梶原はハッとなって新聞を慌てて閉じた。

「ノックぐらいしろ！」

その後、梶原は高級車の後部座席にゆったり腰を下ろして商談へ出かけたが、その間も気はそぞろでため息ばかりついていた。

「どうかされましたか？」

助手席の新島が気にかけると、梶原は取り繕うように返した。

「いや、なんでもない。今の道、曲がったほうが早いんじゃないのか？」

運転手を務めている田中健太が言い返そうとする。

「カーナビだと……」

「この辺の道なら、カーナビより私のほうが詳しい！」

一方的に怒鳴りつけられ、田中は謝るしかなかった。

「申し訳ありません」

そのとき後部座席の梶原が驚愕の表情を浮かべて凍り付いたことに、新島も田中も気づいていなかった。

翌朝、右京と亘は話をしながら住宅街を歩いていた。

亘が言った。

「ひとつ確認しておきたいことが」

「なんでしょう？」

「その後、声は聞こえるんですか？」

「声？」

「ええ。例の骨の……」

亘が白骨死体の発見現場でのできごとを蒸し返した。右京は素直に認めた。

「いいえ。そもそも僕の勘違いだったのかもしれません」

「安心しました。もしや霊に取りつかれたせいで、この事件にこだわってらっしゃるのかと」

「時効だからといって、人ひとりが殺された事件の真相が明らかにされなくていいはずがありませんよ」

「おっしゃるとおりです」

そのとき右京が目的の古びたアパートを見つけた。

「ああ、ここですね」

ノックに応えて顔を出したのは吉澤秀介(よしざわしゅうすけ)という老いた男だった。痩せこけていたが、眼光は鋭かった。居間兼寝室の六畳間に招き入れられた右京が、畳に座って本棚で埃(ほこり)をかぶっている左翼関連の書籍に目を走らせていると、吉澤が台所からカップラーメンを手にやってきて、ふたりの前に座った。

「悪いね。ちょうどこの……お湯入れたとこだったから。生活保護の身じゃ無駄にするわけにはいかないんだ」

「こちらこそお食事時に押しかけて申し訳ありません。どうぞ召し上がりながらで結構ですから」

右京が非礼を詫(わ)びると、亘が本題を切り出した。

「吉澤さんは元〈革青同〉の幹部だとお聞きしましたが」

「笑うだろ。国家打倒を叫んでた人間が国の世話になってるなんてな」

「いえ、大切な国民の権利です」

吉澤は右京の言葉を鼻で笑った。

「で、岡田茂雄のことだったね。岡田はカリスマ的な指導者だった。あいつの演説には惚れ惚れしたね。学生運動が下火になる中でも多くの学生を魅了し、味方に取り込んだ。

人の心を操る天才だったんだ。敵対するセクトが脅威に感じて当然だ」

「じゃあ、あなたも岡田さんは内ゲバで殺されたと？」

亘の質問に、吉澤は麺を啜りながら答えた。

「他に考えられないだろ」

右京が疑問を投げかける。

「しかし、どのセクトからも犯行声明は出ていませんねぇ」

「そうなんだ。それがちょっと引っかかってた」

「活動家以外で、岡田さんが誰かに恨まれるようなことは？」

「さあ、聞いたことないが……女には恨まれてたかもしれないね。本人は英雄色を好むなんてうそぶいてたが、もう手当たり次第で……。岡田の奴、何度か無理やりやったことを自慢してたこともあったな」

「随分たちの悪いカリスマだったようで」

亘の皮肉を受け流し、右京が吉澤に訊いた。

「プライベートで親しかった人はいらっしゃいましたか？」

「ああ、そういえば、大学の同期に幼なじみがいた。えっと……藤島健司って奴だよ」

「その方もあなた方の同志でしょうか？」

「いやあ」吉澤がかぶりを振る。「政治にはからっきし興味のない男だ。人形劇やってた奴だったよ」

「ほう、人形劇ですか」

「今思えば、ふたりには共通点があったんだな」

思わせぶりな吉澤の口ぶりに、右京が興味を示す。

「とおっしゃいますと？」

「藤島は人形を操り、岡田は人間を操る」

そう言って、吉澤は麺をうまそうに啜った。


人形劇団〈糸使い〉のアトリエは古いプレハブ小屋の中にあった。何十体もの古びた人形に囲まれた雑然とした空間で、団員の田中美鈴が藤島健司の右腕をマッサージしていた。ふたりとも頭には白いものが目立っていた。プレハブ小屋は藤島の自宅でもあった。

昼間、幼稚園での人形劇の公演中に、藤島が突然、右肘に痛みを覚えて、人形を操れなくなったのだ。その場は美鈴がアドリブをきかせてなんとか凌いだものの、藤島の右腕はしばらく麻痺したままだった。

「もう大丈夫だよ。ありがとう」

藤島がマッサージしてくれた美鈴を労った。

「長年酷使してきたから。職業病ね」

藤島はアトリエをざっと見回した。

「五十年も、よく続けてこられたもんだ」

美鈴が同意した。

「みんないなくなっちゃって、とうとうふたりだけになって……。でも子供たちの笑顔が支えだったから」

藤島と美鈴はいつしか見つめ合っていた。そんなしんみりとした空気を振り払うように、美鈴が立ち上がる。

「あっ、いけない、仕事に遅れちゃう」

「今日はスーパー？」

「ううん。朝までビル掃除。じゃあお大事にね」

「うん」

自転車で帰る美鈴を見送った藤島は、自宅兼アトリエに戻って、老眼鏡をかけた。そして、夕刊紙に掲載された岡田の白骨死体が発見されたという記事を読み直した。読み終えると、視線が自然と壁に掛かった一枚の写真に吸い寄せられた。大学時代、藤島と梶原、美鈴の三人で人形劇の稽古をしているところを撮影した写真だった。三人ともとびきりの笑顔で写っていた。

そのとき、藤島の携帯電話が鳴った。ディスプレイには「梶原」の名前が表示されていた。

二

翌朝、河川敷でスーツ姿の高齢の男の遺体が見つかった。

駆けつけた伊丹と芹沢に、益子が遺体の額の傷を示した。

「直接の死因はこれ。なにか鈍器のようなもので殴られたんだろう。周辺を捜索してるが、凶器が川に投げ捨てられたとしたら特定するのは厄介だな」

「遺留品は？」伊丹が訊く。

「携帯は所持してなかった。ただ名刺入れを持ってて……。なかなかの大物だぞ」

益子の言葉を受けて、芹沢が証拠品袋の中の名刺を読み上げる。

「〈カジハラロジスティクス〉代表取締役社長」

「物流大手じゃねえか」伊丹の目が輝く。

「これぞメジャーリーガーにふさわしい事件っすね」

「まあな」

芹沢と伊丹がほくそ笑んでいるところへ、麗音がやってきた。

「あの、被害者の秘書と運転手の方が……」

伊丹たちは、遺体発見現場から少し離れたところで秘書の新島と運転手の田中から話を聞いた。伊丹が田中の話を確認する。

「梶原社長は昨夜九時過ぎに会社を出て、車で自宅に戻った。その途中で人と会うからと言って、この橋のたもとで車を降りた。梶原社長を降ろして、あなたは家に帰ったんですか？」

「ええ、長くなるから待ってなくていいと言われまして」

芹沢が周囲を見渡して言った。

「夜にこんな場所で人に会うなんてねえ……」

「会う相手についてはなにか言ってましたか？」

伊丹の質問に、田中は「いえ、なにも」と答えた。

「車内でのようすは？」

「昨夜は特に変わったことは……」

伊丹が田中の言葉遣いを気にした。

「昨夜は？」

答えたのは新島だった。

「実は一週間ほど前から社長のようすが変だったんです」

「どういうことです？」

「情緒不安定というか、イライラして急に怒鳴ったり。今までそんなことはいっさいなかったものですから。それに脅（おび）えていたようなようすも……」

「脅えていた？　なにに？」

「わかりません、ただ……昨日の夕方、どなたかと電話をしていた際に……」

新島によると、社長室のドアが少し開いており、梶原が誰かと電話で話している声がはっきり聞こえたという。

――もうダメかもしれない。あいつの亡霊に見えるんだよ。

「なにか思い当たることはありませんか？」

伊丹が訊いても、新島は「いいえ」と首を横に振るばかりだった。

数時間後、右京と亘は人形劇団〈糸使い〉のアトリエを目指していた。

「今朝の事件の被害者、〈カジハラロジスティクス〉の社長だそうです」

亘が持ち出した話題は、右京もすでに小耳にはさんでいた。

「ええ。どうして有名企業の経営者が橋の下などで殺されたのでしょうねえ」

「いいんですか、放っておいて？」

「同時に二兎は追えません。そちらのほうはメジャーリーガーの方々にお任せしましょう」

「我々、マイナーリーガーには大昔の事件がお似合いで」

亘が自嘲したとき、ちょうど目指すプレハブ小屋に到着した。開いたドアから中をのぞくと、藤島が人形を巧みに操っていた。藤島が糸を操ると、人形はまるで生きているように繊細な動きを見せた。両手で顔を覆うと、肩を小刻みに震わせ、泣き崩れるかのように膝を折り床に突っ伏したのだった。

アトリエに招き入れられながら、右京は今見たばかりの人形の動きに言及した。と、ドア口の人影に気づいたのか、藤島が顔を上げた。右京と亘は頭を下げた。

「しかし、お見事ですねえ。まるで人形が自分の意思を持って動いているように見えました。悲しみの淵に立つ人が自らの運命を呪い、泣いている……。僕にはそのように見えたのですが」

藤島の対応はぶっきらぼうだった。

「まあ、そんなところです」

「ああ、やはりそうでしたか。ちょっとよろしいですか？」

右京の目は一体の人形に釘付けになっていた。

「なんですか？」

「人形を操ってみても」

好奇心旺盛な上司と戸惑う人形使いの間に、亘が割って入った。

「興味を持つと、なんでも自分でやってみないと気が済まない性分でしてね……」

「どうぞ」

藤島が呆れた顔で人形を差し出した。右京はそれを受け取り、藤島に動かし方のレクチャーを受けた。しかし、まずどの糸が人形のどの部位につながっているのか把握するだけでひと苦労で、すぐに糸が絡まってしまう。藤島が丁寧に直している間に、亘はアトリエ内を探り、岡田の白骨死体発見を報じた夕刊紙を発見した。そして、右京にさりげなく合図を送った。右京もすぐに事態を理解した。

「いやあ、素人にはとても手に負えません。わがまま申し上げてすみませんでしたね。しかし長年修業をしなければ、あのような繊細な動きはできないのでしょうね」

人形を返す右京に、藤島が質問した。

「で、なにを訊きたいんですか？」

「岡田茂雄さんのことについてなんですがね」

右京がズバリ答えると、亘が補足した。

「先日、大学構内で白骨化した遺体が見つかりまして。すでにご存じのようですが。幼なじみで、大学時代も随分親しくされてたとか。行方不明になったこと、当時はどう思われてました？」

「内ゲバで狙われてると噂されてましたから、そんなことだろうと……。案の定だったようですね」

「それが、僕にはそうは思えないんですよ」右京が異を唱えた。「なにか別の事情で殺されたのではないかと考えているのですがね」

「なにか心当たりはありませんか？」

亘が攻め込んだが、藤島はとぼけた。

「さあ……。事件は時効だと書いてありましたが？」

「犯人が海外に出国してなければ、とうに時効を迎えてます。ちなみに海外へは？」

「一度も」

「仮に犯人がわかったとしても罪に問うことはできませんが、なにか思い当たることがあれば……」

腰を折る亘に、藤島はにべもなく顔を背けた。

「申し訳ないが、お役に立てそうにありません」

「明らかに怪しい。でも知らないと言い張る。仮に罪を認めても、立件すらできない。どうします、これから？」

アトリエを出たところで亘が右京の意向をうかがっていると、前方に車が停まり、捜査一課の三人が降りてきた。

「なんでこんなところにいるんですか？」

詰め寄る芹沢に、亘が言い返した。

「伊丹さんから、気の済むまでとことん捜査しろとお墨付きを頂戴したもので」

「はあ？」伊丹が顔を歪める。

「いや、こちらにお住まいの藤島さんが白骨で見つかった被害者の幼なじみだったもので」

「なんだ、そっちか」と反射的に答えた伊丹だったが、すぐに仰天した。「えっ⁉」

「藤島健司ってそっちとも関係あったの？」

芹沢の言葉遣いに、亘が反応した。

「そっちとも？」

「今朝見つかった殺しの被害者が……」

情報を提供しようとする麗音を、伊丹が遮った。

「特命に余計なこと教えてなくていい！」

「はい」

その一方で伊丹は、右京に情報を求めた。

「で、なにかわかったんですか？」

「特に成果はありませんでした。そちらと違って大昔の事件ですからね」

「行くぞ」

捜査一課の三人は人形劇団〈糸使い〉のアトリエに入っていき、藤島から事情聴取をおこなった。右京と亘は小屋の外から、そのようすをうかがっていた。

まずは芹沢が藤島にかまをかける。

「殺された梶原さんの携帯の履歴を調べたんですが、最近あなたとよく連絡を取り合っていたみたいですね。昨日も電話している。死亡推定時刻の直前にあなたにメールまでしている。梶原さんは殺害現場付近で誰かと会う約束をしていたそうです。あなたじゃありません？」

藤島が答えないので、代わって伊丹が質問をした。

「あなたと梶原さんはどういうご関係ですか？」

藤島が渋々口を開く。

「学生時代にこの人形劇団を立ち上げた仲間です」

「学生時代？　随分長い付き合いですね。メールの内容、確認させてもらっていいですか？」

藤島の差し出したメールの本文を、伊丹が読み上げた。

「『荒坂(あらさか)大橋の下で待ってる。大事な話だ。大至急来てくれ』……で、あなたは行った。そこでなにが？」

「梶原が……死んでいました」

「あなたが着いた時には殺されていたと？」

芹沢が訊くと、藤島はうなずいた。続けて麗音が質問した。

「じゃあどうして通報しなかったんですか？」

答えようとしない藤島に、伊丹が強く迫った。

「ご同行いただいて、詳しい話を聞かせてもらいますよ」

三

捜査一課の三人は藤島を警察車両へといざなった。外で取り調べのようすを聞いていた右京と亘の姿を認め、伊丹が鼻を鳴らした。

「どうせ聞いてると思いましたよ。こっちと関連する情報つかんだら、か・な・ら・ず、協力してくださいよ」

「もちろんです」

ぬけぬけと答える右京に、亘が耳打ちする。

「図らずも二兎を追う羽目に……」

「そうなりましたねえ」

ちょうどそこへ田中美鈴が自転車で現れた。そして、車に乗ろうとする藤島に声をかけた。

「藤島くん、どうしたの？」

「警察に行くことになった。すまない」

藤島は美鈴の質問には答えなかった。藤島が乗り込むなり、麗音の運転する車は発進した。呆然と見送る美鈴に、亘が警察手帳を掲げた。

「失礼ですけども、あなたは？」

「一緒に劇団をやってる田中美鈴という者です。なにがあったんですか？」

「昨夜、梶原さんという方が何者かに殺害されまして」

「梶原くんが⁉」

「ご存じなんですか？」

「ええ、もちろん。まさか藤島くんが殺したと疑われているんですか？　そんな馬鹿なこと、絶対にありません」

「少々お話をうかがってもよろしいですか」

右京が申し出た。

右京と亘はアトリエの中で美鈴から話を聞いた。美鈴は大学時代に藤島と梶原と一緒に稽古をしていたときの写真を持ってきた。

「これが梶原くんです。〈糸使い〉の旗揚げメンバーでした。卒業前に家業の運送業を継ぐことになって、劇団は辞めたんですけど」

「〈カジハラロジスティクス〉といえば物流大手。商才があったんですね」

亘の言葉に、美鈴は写真を見つめながら答えた。

「仕事に没頭してましたから。でもホール公演には必ず来てくれました。ここの経営が行き詰まるたびに援助してくれましたし。藤島くんにとっては、長年の親友で恩人なんです」

「だから、梶原さんを殺すはずがないと？」

「はい」美鈴がうなずいた。

「最近もよくお会いになってたんですか？」

「向こうが忙しくて、ここ五年ほどは年賀状のやりとりだけでした」

「藤島さんとは？」

「彼もそうだと思います。会ったって話は聞いてませんから」

「妙ですね」と亘。「最近おふたりは頻繁に連絡取り合ってたそうですが」

「えっ？」美鈴が目を丸くした。

「ご存じありませんでした？」

「ええ……」

亘が美鈴と話している間、右京は壁の写真を眺めていた。そして、男の子が美鈴と一緒に写っている写真を見つけた。

「ここに写ってるお子さんは？」

「私の息子です」

美鈴が答えた。右京が写真に顔を寄せた。そこに写る美鈴はまだ二十歳(はたち)そこそこに見えた。

「若くしてご結婚なさったんですねえ。学生結婚ですか？」

「……結婚はしてません」美鈴が顔を背けた。

「あっ、そうでしたか……。立ち入ったことをうかがって失礼しました。藤島さん、梶原さん、あなた方親子、定期的にお会いになっていたようですねえ。本当に仲がよかったんですね」

「ええ」

アトリエの中で撮られたと思(おぼ)しき男の子の写真は、幼児期、小学校低学年、高学年と数枚飾ってあった。〈マリオネット〉という喫茶店の看板を背景に写った写真もあった。

「息子さんも人形劇に興味を持たれたようですが、同じ道には進まれなかったんですか？」

「今、息子の話はどうでもいいでしょ！」

美鈴が突然声を荒らげた。

「あっ、これは失礼しました」

「とにかく藤島くんを疑うなんて、お門違いもいいところなんです」

美鈴の訴えを、右京が受けとめた。

「わかりました。担当の者にそう伝えておきます」

亘はもう一兎のほうの話題を持ち出した。

「実は我々が調べてるのは別の件でして。先日、〈文東大学〉構内で岡田茂雄さんの白骨化した遺体が見つかりまして。もしかしてあなたも岡田さんのことを知っていた？」

「ええ、名前くらいは。大学でも有名人だったし、藤島くんの幼なじみでしたから」

「では、梶原さんも岡田さんのことをご存じだった？」

「ええ……」

美鈴の答えは歯切れが悪かった。

「いつまで黙っているつもりですか？　本当はあなたが梶原社長を殺した、違いますか？」

伊丹は苛立ちを隠せなかった。藤島は警視庁の取調室でずっと黙秘を貫いていたのだ。

た。

「否定しないということは認めるということですよ」

うんざりしたようすの伊丹から、質問役が麗音に交替した。麗音は新島の証言を引いた。

「最近梶原さんは突然、なにかに脅えるようなようすを見せはじめた。秘書がそう証言しています。あなたと関係があるんですか？」

藤島が答えないので、麗音が続けた。

「昨日の夕方も梶原さんと電話で話しましたね。十六時五分から三分二十七秒間。そのとき梶原さん、『亡霊が見える』というようなことをおっしゃったそうなんですけど、それってどういうことですか？」

藤島の固く結ばれた唇は、開くことがなかった。


右京と亘は取り調べのようすを隣の部屋からマジックミラー越しに眺めた後、特命係の小部屋に戻って、ホワイトボードを前に事件を検討した。

亘は麗音が口にした「亡霊」という言葉に引っかかりを覚えていた。

「あの骨の亡霊ってことでしょうかね？」

右京はティーカップの載ったソーサーを手にしていた。

「白骨死体が岡田さんだと報じられた日と、梶原さんがなにかに脅えるようになった時期は符合します」

「さすがに岡田の霊がこの世をさまよってるとは思えませんので」亘が仮説を組み立てる。「たとえば四十八年前、なんらかの事情で、藤島と梶原は岡田茂雄を殺害し、キャンパス内に埋めた。時効が成立してるとはいえ、社会的地位を確立した梶原は過去の罪が発覚することを恐れた。岡田の亡霊を見るまでに精神的に追い詰められ、藤島に相談の電話を……。どうです？」

「殺人犯が罪悪感から、被害者の姿を見るという話はよく聞きますからねえ」

「じゃあ、どうして梶原は殺されることに？」

亘の質問に、右京も質問で返した。

「そもそも本当に藤島さんが殺したのでしょうか？　恩人でもある長年の親友を」

「じゃあ、なんで藤島は黙秘を？」

「誰かを庇(かば)うため、ということになりますかねえ」

田中美鈴は〈糸使い〉のアトリエで、藤島の帰りを待っていた。

もう何時間待っただろうか。所在なく、大学時代の写真に目を向けると、当時の記憶が蘇(よみがえ)ってきた。美鈴たち三人はその夜遅くまで、梶原のラストステージとなる公演の稽古をしていた。

「あ～あ、やめたくないなあ」梶原のぼやきを美鈴は今でも覚えている。「家業を継がなきゃいけないなんて、夢も希望もあったもんじゃないよ」

「梶原くんの力で大きな会社にすればいいじゃない」

美鈴がそう励ますと、藤島が茶化すように言ったものだ。

「そうそう。いつかヨーロッパ公演やりたいから、がっぽり稼いで資金出してくれよ」

そのとき、ドアが開いて……。

美鈴がふと我に返ると、プレハブ小屋のドアが開いて、藤島が入ってきたところだった。

「待っててくれたのか」

「よかった……」

美鈴は藤島に駆け寄り、思わず抱きついた。藤島の体温を感じると、照れ臭そうに離れた。

「ごめん。心配だったから。警察もどうかしてるわよね、藤島くんを疑うなんて」

藤島が黙っているので、美鈴は沈黙を嫌って続けた。

「梶原くん、本当にお気の毒。警察の人から聞いたけど、最近よく連絡取ってたんだって？　どうして話してくれなかったの？」

「ごめん。でも美鈴ちゃんが心配することなんてなんにもない。疲れたから……休ませてもらうよ」

藤島は美鈴を振り切るように、奥の間に下がった。

翌朝、いつものように角田が特命係の小部屋にマグカップ持参で入ってきた。紅茶を飲みながら物思いにふける右京に、角田が話しかける。

「おい。暇そうなようすを見ると、早くも行き詰まったか？　なあ？　半世紀も前の事件なんか調べたってしょうがねえだろ」

そこへ亘が入ってきた。

「梶原の通信記録、手に入りました」亘が手にした書類を右京に見せた。「最近頻繁に藤島に電話してます。その起点となったのが十一月二十日。白骨死体が岡田茂雄と特定された翌日」

「新聞発表の日ですねえ」

「一日に三度、電話してる日もあります」

「なに？」角田が訝しげな顔になる。「お前ら、大昔の事件、追っかけてるんじゃないの？」

「二兎同時に追うことになりまして」

「二兎？」

亘が角田に説明している間、右京は通信記録の最後まで目を通していた。

「おや。ちょっといいですか」

「どうかしました？」亘が向き直る。

「梶原さんがショートメールを使っているのは、殺される前のこのときだけですねえ。この一カ月、他には一度も」

「本当だ。橋の下に藤島を呼び出すメールでしたね」

「月に一度しかショートメール使わないなんて変わった奴だね」

角田がお気楽に発言した。


右京と亘が斎場を訪ねたとき、〈カジハラロジスティクス〉の新島が、秘書室や総務部の社員たちを集めて指示を出していた。

「夕方に社長のご遺体は警察からこちらにいらっしゃいます。事情が事情です。ご遺族や関係者の皆さまにくれぐれも失礼のないように。それでは、各所の準備を進めてください」

社員たちが散ったところで、亘が近づき警察手帳を掲げた。

「ちょっといいですか。梶原社長はなにかに脅えているようなようすがあったとうかがいましたが」

新島が即答する。

「あくまで私の主観ですが、そんなふうに感じました。これまで私に対して声を荒らげるようなことは一度もありませんでしたが、最近は何度かそんなことがあって」

「ほかの方に対しても？」

新島が作業をしている田中健太を目で示した。

「彼は社長車の運転手ですが、まったく非はないのに怒鳴られたり、さすがにおかしいなと」

右京が新島の前に出た。

「一昨日のことですが、電話の相手に向かって『亡霊が見える』というようなことをおっしゃっていたそうですね」

「ええ。『あいつの亡霊に見えるんだよ』と」

「ひとつ確認したいのですが、今あなたは『あいつの亡霊に見えるんだよ』とおっしゃいましたが、実際、梶原さんが口にしたのは『あいつの亡霊が見えるんだよ』ではありませんか？」

新島はしばし思案して、かぶりを振った。

「いえ」

「間違いありませんか？」

「間違いありません」

亘が右京に尋ねる。

「右京さん、その違い、重要ですか？」

「ええ」右京がうなずいた。「『あいつの亡霊が見える』なら、文字どおり岡田さんの亡霊が見えたことになりますが、『あいつの亡霊に見える』となると、別のなにかが岡田さんの亡霊に見えたことになりますからねえ」

新島はふたりの会話に焦れたようだった。

「あの……そろそろよろしいですか」

右京が左手の人差し指を立てた。

「最後にもうひとつだけ。梶原さんは普段ショートメールをお使いになっていたでしょうか？」

「いいえ。社長は携帯でメールをするのが嫌いでしたから」

「そうですか。ありがとうございました」

深く腰を折った右京が頭を上げた瞬間、鏡に映る喪服姿の男の姿をその目にとらえた。

男は運転手の田中健太で、なぜか顔色が青ざめていた。

美鈴がアトリエに入ってきたとき、藤島は壁に飾ってあった人形劇公演のポスターや写真パネルを外しているところだった。

「黙ってるなんてひどいじゃない。劇団畳むつもり？」

藤島が小さく顎を引いた。

「そろそろ潮時だ」

藤島の表情に覚悟を感じた美鈴は、自分に言い聞かせるように言った。

「一緒にはじめたんだから、一緒に終わらせましょ」

美鈴が床のパネルを段ボール箱にしまいはじめた。


右京と亘は、人形劇団のアトリエの壁の写真に写っていた喫茶店〈マリオネット〉を探し出した。この店のオーナー、野添弘道も大学時代、〈糸使い〉のメンバーだった。ふたりが訪れた昼下がり、客は他に誰もいなかった。

クラシック音楽が静かに流れる店内に入り、壁際の奥まったテーブル席に着座した。右京が壁に飾られた若き〈糸使い〉のメンバーたちの写真に目を走らせていると、野添がふたりのテーブルにコーヒーを持ってきて、正面に座った。野添は温厚そうな人物で、頭にはもはや毛髪は残っていなかった。

「梶原のことはニュースで知りました。ショックでね」

「〈糸使い〉のアトリエに飾られているものと同じ写真がありますねえ」

右京の言葉に、野添が写真に視線を転じた。

「私が撮った写真です。人形遣いよりもよっぽど才能があるからプロになれって、藤島と梶原によくからかわれましたね」

「おふたりと美鈴さんはよくこちらにいらしていたんですね?」

「ええ。昔しょっちゅう来てくれました」

右京は美鈴の膝に乗る男の子の写真に注目した。

「息子さんを連れて」

「ええ」

「美鈴さんはシングルマザーとうかがっていますが、息子さんのお父さんはどなたかご存じですか?」

「わかりません。昔訊いたことがありましたが、藤島と梶原のふたりが父親だって、はぐらかされました」

「おふたりのどちらかということは?」

自分も劇団の一員だっただけに、野添は〈糸使い〉のメンバーの事情に通じていた。

「それはありません。プラトニックな関係というのかな、あの三人は恋愛を超えた強い絆で結ばれていましたから」

「そうですか」

「ケン坊もあの頃はまだ可愛かったが……」

思わせぶりな野添の言い方に、亘が反応した。

「どうかしたんですか？」

「中学の頃にぐれてしまってね。大人になってからもどうしようもない暮らしをして。窃盗と詐欺で二度も刑務所に入ったんです。二度目のときには美鈴ちゃん、とうとう親子の縁を切ってしまって」

右京の脳裏に、息子のことを尋ねた際に美鈴がふいに声を荒らげたことが蘇った。

「しかし藤島さんも梶原さんも見捨てなかったのでは？」

「ええ。ふたりは父親代わりのつもりだったんでしょう。半年ほど前かな。ふたりが久しぶりにここに来たんです、ケン坊を連れて。二度目の出所後、ろくな仕事にありつけなかったらしくて、ケン坊、心を入れ替えてなんでもやるからと梶原に泣きついていました。藤島も一緒に頼み込んだので、梶原はケン坊を雇うことを決めたみたいでしたね」

四

同じ日の夕刻、梶原の葬儀がとりおこなわれる斎場の外では、捜査一課の三人が車の中から目を光らせていた。

そこへ特命係のふたりがやってきた。亘が軽い調子で声をかける。

「大変お待たせしました」

伊丹が車から降りてくる。

「ご指示のとおりにちゃんと見張っておきましたよ」

芹沢が続いた。

「前科も確認しました」

「そうですか。では行きましょう」

麗音も降りてきて、右京を先頭に五人は斎場の中に入っていった。

田中健太は裏の喫煙所にいた。どこか落ち着かないようすで宙を見つめている田中に、まずは右京と亘が近づいた。ふたりの気配に気づいた田中が顔を向ける。

「なにか?」

右京がいきなり先制攻撃を仕掛ける。

「あなたが梶原社長の携帯を使ってメールしたんですね、藤島さんに?」

瞬時に顔色が変わった田中に、右京が二の矢を放つ。

「社長がショートメールをお使いにならないこと、ご存じなかったようですね」

「俺じゃない……。俺じゃないよ」

田中は勢いよく立ち上がり、そのまま逃げようとした。しかし、ドアの外には捜査一課の三人が待ち構えており、田中を取り押さえた。田中は必死に抵抗した。

「俺のせいじゃないんだ！　梶原さんが急におかしくなって。俺のこと、化け物でも見るみたいに暴れ出して……。殺すつもりなんかなかったんだよ！」

芹沢が田中の腕を背中でねじり上げた。

「はいはいはい。詳しい話は署でじっくり聞かせてもらうよ」

「ご協力どうもありがとうございました」

伊丹が嫌みたっぷりに腰を折ると、右京も皮肉で返した。

「メジャーリーガーのお役に立てて光栄です」

亘が伊丹たちの背中を見送って言った。

「我々は大昔の事件に戻りますか」

「ええ」

•

藤島と美鈴は〈糸使い〉のアトリエで、長い間使ってきた人形たちを、一体ずつ箱にしまっていた。

「人形劇のない生活なんて想像できない。これからどうするつもり？」

「さあ……。俺もビル掃除でもはじめるかな」

美鈴の問いかけに、力なく笑いながら答えた藤島は、ふとドアの外に右京と亘が立っているのに気づいた。こちらに向かって一礼するふたりに、美鈴が訊いた。

「刑事さん、まだなにか用があるんですか？」

亘が美鈴の前に立つ。

「梶原太一さん殺害容疑で田中健太が逮捕されました。あなたが縁を切った息子さんです」

美鈴の顔に戸惑いの色が浮かぶ。

「どういうこと？」

「半年前から梶原さんの運転手を務めていたんです。刑務所を出てからまともな職にありつけない息子さんを見かねて、あなたに内緒で藤島さんと話し合って」

美鈴は亘から藤島に視線を移し、問い詰めた。

「そうなの？　なんとか言ってよ！」

警視庁の取調室では、田中健太が捜査一課の三人に訴えかけていた。

「俺は心を入れ替えて真面目にやってたんです。なのにあの夜……」

田中の運転する社長車の後部座席から、梶原が声をかけたのだという。

「ケン坊」

「どうしたんですか？　社長。そんな呼び方して」

田中が困惑していると、梶原の口から予期せぬひと言が飛び出した。

「悪いが今日で辞めてもらう」

「いや……ちょっと待ってください。急にそんなこと……」

「すまん」

「俺に問題があるなら言ってください。必ず改めます。そりゃないでしょ。やっとまともになれるって思った矢先に……。俺のこと見捨てるんですか！」

車を〈荒坂大橋〉のたもとに停めた田中が後部座席を振り返ると、梶原はいきなり脅えたような表情になり、車から飛び出していった。

田中があとを追うと、梶原は「許してくれ、岡田！　許してくれよ！」と叫びながら逃げ惑った。走力は田中に分があったのですぐに追いついたが、梶原は暴れて田中を地面に引き倒し、「岡田、おとなしくしてろよ！」と唸りながら、体重をかけて田中の首を絞めてきた。息ができなくなった田中は懸命に抵抗し、気づくと近くに転がっていた石で梶原の頭部を思い切り殴りつけていたのだった。

「……梶原さんを殺すことになったことがあまりに理不尽に思えて、なんとかしなけりゃって……」

犯行を自供して悄然（しょうぜん）とする田中のその後の行動を、伊丹が推察した。

「藤島さんに罪を着せることを思いついた。メールを残しておけば、藤島さんが疑われると考えたんだな」

「凶器の石はどうしたの?」と芹沢。

「携帯と一緒にうちの近くの川に捨てました。なんであんなことに……ねえ、岡田って誰なんだよ」

田中はなぜ梶原を殺すことになったのか、まだわかっていなかった。

〈糸使い〉のアトリエでは、右京と亘が藤島と美鈴に向き合っていた。亘が藤島の気持ちを推し量る。

「梶原さんの携帯からメールが届いたとき、あなた、違和感を覚えたでしょうね。それまでそんなこと、一度もなかったんですから。訝しく思いながら、あの橋の下に行ったんじゃありません?」

藤島が口を閉ざしたままなので、亘が続けた。

「そこであなたは梶原さんの遺体を発見した。あなたは健太さんの仕業だろうと直感した。でも沈黙を守ることを選んだ。これ以上、美鈴さんを傷つけたくなかったから」

右京が相棒に続いた。

「すべては四十八年前にはじまりました。岡田茂雄さんを殺したのは梶原さん。違いますか？　どうしてそんなことになったのかは想像するしかありませんが、ひとつだけヒントがありました。梶原さんは電話で『あいつの亡霊に見えるんだよ』とおっしゃったそうですねえ。どうやら健太さんが岡田さんの亡霊に見えたようですが、それはなぜか気になりましてね。ある仮説を立てればすべて説明がつくんですよ」そこで右京は美鈴に言った。「もし岡田さんが健太さんの実の父親だとしたら。もし岡田さんがあなたに対して無理やり行為に及び、それを梶原さんや藤島さんが知ってしまったとしたら……」

右京の推理は正しかった。

大学時代、梶原のラストステージとなる公演の稽古に疲れて休憩していたとき、ふとドアが開いて入ってきたのが岡田だった。

「よっ、藤島」

「岡田、お前こんなとこにいて大丈夫か？　内ゲバで狙われてるって聞いたぞ」

「灯台下暗しだよ。誰も人形劇団の部室にいるなんて思わねえだろ。しばらくここで匿(かくま)ってくれ」

勝手に決めて、ソファに座り込んだ岡田に威圧され、藤島も梶原も岡田を匿うことに同意した。美鈴はその場を逃げ出すうまい口実を見つけた。

「あっ私、小道具作らないと。倉庫にいるね」

それが間違いだった。ひとりで倉庫に向かった美鈴は、藤島と梶原の目を盗んでやってきた岡田に、力ずくで凌辱されたのだった。

異変に気づいた藤島と梶原が駆けつけたときにはすでに遅かった。美鈴の衣服の乱れを見て一瞬のうちになにが起きたか知った藤島は、逆上して岡田につかみかかった。しかし、岡田は藤島を一撃で殴り飛ばした。せせら笑う岡田は、背後から鉄パイプを振りかざした梶原が迫っていることに気づいていなかった。梶原が力任せに振り下ろした鉄パイプが見事に脳天を直撃し、岡田は呆気（あっけ）なく死んでしまった。三人はキャンパス内に穴を掘り、岡田の遺体を埋めたのだった。

右京が美鈴の気持ちを斟酌（しんしゃく）した。

「迷ったのではありませんか？　健太さんを産むことを」

「迷わないわけないじゃない。でも自分の中に宿った命まで殺すことはできなかった。生まれてくる子に罪はない。健太の父親は藤島くんと梶原くん。三人でそう話し合って。なのに……なんで……。どこまで苦しめれば気が済むのよ……」

嗚咽（おえつ）を漏らす美鈴に、藤島はかける言葉もなかった。

右京と亘がアトリエから出ていくと、藤島はしまったばかりの人形を一体取り出した。

そして、美鈴の前で糸を操る。藤島の操る人形はまるで美鈴の心境を代弁して、絶望に泣き崩れているかのようだった。

アトリエの外から人形の動きを見ていた亘が言った。

「なんだか今回の事件、岡田茂雄の亡霊が引き起こしたような気がしません？　自分の息子を人形のように操って、復讐劇を遂げたような」

「藤島は人形を操り、岡田は人間を操る……」

右京の眼差しは、美鈴の前で人形を操る藤島の背後に向けられていた。その目には藤島と美鈴を見下ろす岡田の亡霊もがとらえられているかのようだった。

第七話
「生まれ変わった男」

一

〈聖洋大学〉の陸上部員を乗せたマイクロバスが、〈スーパーヤガミ〉の屋内駐車場に停まった。バスから降りた吉岡翼は、店内に向かう途中で強烈な既視感に襲われた。

「もしかして、ここ……」

と、いきなり左胸に激痛が走った。翼は胸を押さえて駐車場のコンクリートの床にうずくまってしまった——。

部員やコーチも異変に気づき、すぐに「翼⁉」と心配そうに駆け寄った。

奇しくもそこは二〇〇一年十一月三日に、殺人事件が起こったのと同じ場所だった。


それから約ひと月後のある日——。

警視庁特命係の警部、杉下右京と巡査の冠城亘は鑑識課に呼ばれていた。ふたりの目の前のテーブルには、ペンチやドライバー、電工ナイフなどが並べられていた。

「ご遺族から押収品の還付請求があったというわけですか」

右京が確認すると、鑑識課の巡査部長である益子桑栄は小さくうなずいた。

「ああ。被害者の遺品を返却してほしいってな」

亘が渡された資料を読み上げた。

「被害者は電気工事士の関田昌平さん」

博覧強記の右京は、関田が刺殺された事件を覚えていた。

「二十年前、府中のスーパーマーケットで起きた事件ですねえ。いまだ犯人は捕まっていないはずですが」

「いいんですか？」亘が益子に訊いた。「未解決なのに返しても」

「犯人らしき指紋やDNA型は検出されなかった。証拠能力は低いし、遺族が望むならばという判断だ」

「それで、我々の出番と……」

やれやれと苦笑いする亘を、益子が労う。

「悪いね。これを被害者の奥さんに届けてほしい」

「構いませんよ。頼まれればなんでもやるのが特命係ですから。ねえ冠城くん」

右京は特命係が警視庁の雑用係であることを自認していたが、亘はまだそこまで割り切れていなかった。

「えっ？　まあ……」

関田昌平の妻、園子は、仏壇を据えた和室に特命係のふたりを招き入れた。

夫の昌平は二十年前の二〇〇一年十一月三日、〈スーパーヤガミ〉の駐車場で亡くなった。自身が経営していた〈関田電気工事店〉の社用車に戻る途中、何者かにより刃物で胸部と腹部を刺されたのだった。

亡き夫の遺影を背に、園子が心情を語った。

「いったん気持ちに区切りをつけようと思ったんです。もう二十年になりますから。犯人の逮捕を希望に生きるより、夫の魂と静かに暮らしたいと、そう思うようになりまして」

「犯人の特定に至らず、申し訳ありません」

右京が警察を代表して詫(わ)びた。

「私もできる限りのことはしたんですけど……」

亘は園子の努力を知っていた。

「情報提供を求めるチラシを配っていたそうですね」

「でも、集まる情報は懸賞金目当てのデマばかりで……。この前なんか、変なこと言い出す人まで現れて」

「変なこととおっしゃいますと？」

右京の好奇心がうずきはじめる。

「殺されたときの記憶が蘇(よみがえ)ったと言う人が……」

予想外の話に、亘は困惑した。

「殺されたときの記憶ですか？」

「ええ。夫の生まれ変わりだなんて言い出して。先日チラシを配っているときに、若い男性が声をかけてきて……」

声をかけてきたのは吉岡翼と名乗る青年だった。園子が近くの喫茶店で話を聞くと、翼は唐突に訊いてきた。

「二〇〇一年十一月三日は関田昌平さんの命日ですよね？」

「ええ……」

園子が警戒しながら認めると、翼は運転免許証を園子の前に置いた。

「僕の誕生日も二〇〇一年の十一月三日なんです」

「それがなんだっていうんですか？」

「関田さんが搬送されたのは、もしかして〈府中総合病院〉ですか？」

園子が答えずにいると、翼が続けた。

「関田さんが亡くなった日、僕は同じ〈府中総合病院〉で生まれてるんです。僕は関田昌平さんの生まれ変わりかもしれません」

「あなた自分でなにを言ってるか、わかってます？」

「僕だって訳がわかりません。でも記憶があるんです。殺されたときの記憶が……。関田さんはどうやって殺されたんですか？　自分の記憶が正しいか確かめたいんです！」

真面目な顔で訴える翼に、園子はそら恐ろしさを感じたという。

園子の話を聞いて、亘の困惑は深まるばかりだった。

「まさか前世の記憶ですか？」

右京のほうはますます好奇心を刺激されたようだった。

「具体的にどのような記憶だったのでしょう？」

「わかりません。気味が悪くなって、それ以上話を聞かずに店を出たので……」

「自分の記憶が正しいか確かめたい……彼はそう言ったんですね？」

「はい」園子は一瞬、遺影を振り返り、「生まれ変わりなんて……そんなはずないですよね？」と身を乗り出した。

亘はどう答えたものかと、上司の顔を見つめた。右京は真剣な表情で園子の言葉に耳を傾けていた。

翌朝、亘が出庁し、特命係の小部屋に行くと、組織犯罪対策五課長の角田六郎がひとりでくつろいでいた。

「おはようございます」

「おう！　珍しく忙しそうだね」

「嫌みですか？」亘が壁に掛かった名札を裏返す。すでに右京の名札は裏返されていた。

「あれ、右京さんは？」

角田はおもむろに咳払いをすると、コーヒーサーバーを左手でつかみ、高く掲げてから、右手に握ったパンダのマグカップに勢いよくコーヒーを注いだ。

「角田課長、冠城くんが来たらこのメモを渡していただけますか？　僕はもう出かけるので」

角田は右京のまねをしながら、亘にメモを渡した。

「それ、右京さんの前でやらないほうがいいですよ」

「だよね。で、なんかまた事件に首突っ込んでるのか？」

亘がメモに目を落とす。

「事件ねえ……」

その頃、右京は府中北署を訪れ、二十年前の事件を捜査した萩原哲也という刑事に話を聞いていた。

「関田昌平さんの死因は、鋭利な刃物で刺されたことによる失血死。死亡推定時刻は、開店直後の午前九時二十分から二十五分の間です」

「随分限定されてますねえ」右京が感心する。

「発見されたのが九時二十五分で、九時二十分まで奥さんと電話をしていたのが確認されてるんです」

右京が捜査資料をめくり、司法解剖の鑑定書に目を通した。

「腹部と左胸に刺し傷。凶器は小型の刃物と推測される、とありますねえ」

「胸の傷が致命傷でした。所持品は盗まれていなかったので、怨恨の線で捜査をはじめたんですが、人間関係のトラブルはいっさいなし。面倒見がよくて、恨みを買うような人じゃありませんでした」

「つまり犯行動機もいまだ不明……」

「犯人の目星すらつかなかったのは、忸怩たる思いです」

右京が再び資料をめくると、怪物のようなイラストが描かれたトレーディングカードの写真が現れた。

「このカードも遺留品ですか？」

「ああ、それは遺体の近くに落ちていたので一応……」

右京はその絵柄に見覚えがあった。

「当時人気だったカードゲームのものですねえ。子供から大人まで夢中になってました。

こちらの資料、お借りしてもよろしいですか？」

「それはまあ構いませんが」萩原は戸惑いを隠せなかった。「その吉岡翼って男の話を本当に信じてるんですか？」

「可能性はゼロではないと思っています」

「生まれ変わりだなんて。時間の無駄ですよ」

呆れるばかりの萩原に、右京は真顔で応じた。

「そうでしょうか？　長年、生まれ変わりを調べている研究者によると、前世で非業の死を遂げた人は、その死に際の場面を鮮明に記憶して生まれ変わっている事例が多いそうですよ」

「特命係っていうのは、そういった超常現象も担当しているんですか？」

「いいえ、そういうわけではありませんが、まあ、とても暇な部署なもので。ええ」

亘が特命係の小部屋でコーヒーを飲んでいると、サイバーセキュリティ対策本部の特別捜査官、土師太（はじふとし）がノートパソコンを携えてドア口に現れた。

「どうも」

「待ってたよ、土師くん。さあ、どうぞ座って」

亘が土師を小部屋に招じ入れ、デスクの前に座らせた。

「どういうことなんですか、これ」

「いやいや、青木に調べてもらおうと思ったんだけどね。あいつ有休で」

青木年男もサイバーセキュリティ対策本部の特別捜査官で、亘の同期ということもあり、いつも特命係から頼みごとをされていた。

「親知らずを抜くんですって。ひねくれた男の親知らず、どうせひねくれた生え方してるんでしょうね」

同じ部署のライバルを嘲笑する土師に、亘が本題を切り出した。

「吉岡翼の身元、わかったんだって？」

「ええ、もちろん。名前と生年月日がわかっていれば朝飯前ですよ」

「さすがエースは違うね。あいつにも見習ってほしいなあ」

「いや、僕と比べられたら青木がかわいそうですよ」土師がパソコンを起ち上げた。「吉岡翼は〈聖洋大学〉の陸上競技部に所属する学生です。専門は短距離だそうで。神童ともてはやされ、数々のジュニア記録を更新しています。女子ウケしそうな、なんだか鼻につく男ですよ」

その日の午後、右京と亘は〈聖洋大学〉のグラウンドで、陸上部員がトラックの練習をしているところを見学していた。

「つまり右京さんは、吉岡翼の前世の記憶に事件解決のヒントが隠されてると」

亘はいまだに半信半疑だったが、右京は別の見解を持っていた。

「そこまではわかりませんが、一度本人に話を聞いてみる価値はあると思いましてね」

そのとき号砲が鳴り、陸上部員たちの百メートル走がスタートした。翼は出だしこそ好調だったものの、途中から失速し、ゴールラインに達したときには最下位だった。腰に手を添えて荒い息をつく翼を見て、亘が言った。

「あれ？　なんかちょっと土師くんの話と違いますね」

右京と亘はグラウンドのベンチで、吉岡翼から話を聞くことにした。ランニングウェアのままの翼に、亘が本題を切り出した。

「ずばり訊くけど、君は関田昌平さんの生まれ変わりだと思ってるんだね？」

「それ以外に考えられません。子供の頃から、同じ夢を何度も見てるんです。駐車場で誰かに刺される夢を……」

「その駐車場が、府中にある〈スーパーヤガミ〉の駐車場……」

右京が合いの手を入れると、翼の舌がなめらかになった。

「合宿の帰りでした。初めて行ったはずなのに見覚えがあって……。すぐに夢で見ていた駐車場だと気づいたんです。気になって調べたら、関田さんが夢と同じように殺されてることがわかって……。あれは夢じゃなかった。前世の記憶だったんです。僕は前世で誰かに殺されて、しかも犯人は捕まってない。気になったら夜も眠れなくて」

「だとしても、どんなふうに殺されたかなんて、奥さんに訊くのは非常識だと思うよ」

亘の言葉に、翼がうなだれる。

「それは反省しています」

「君の記憶が関田昌平さんが殺されたときのものかどうか、確かめてみましょう」

右京が提案すると、翼の目が輝いた。

「僕の話を信じてくれるんですか？」

「それは君の記憶を検証してから」

右京は慎重だった。

二

吉岡翼は、右京と亘を〈スーパーヤガミ〉の駐車場の一角へといざなった。

「ここです。ここで殺されてるはずです」

亘が捜査資料の現場写真をスマホに表示した。関田昌平の遺体が発見された場所とまったく同じだった。亘はそれを右京に見せた。

右京は軽くうなずいて、「続けてください」と翼を促した。

「最初にお腹を刺されて……」

記憶を探る翼を助けるように、右京が言い添える。

「はい」翼はうなずいて、コンクリートの床に仰向けに倒れ、左手を伸ばした。「そして逃げる犯人に向かって、こうやって手を……」

現場写真と照合していた亘は、翼の横たわった場所も姿勢も関田昌平の遺体と同じであることを確認し、右京に耳打ちした。

「驚きました。彼の記憶、信憑性（しんぴょうせい）がありますよ」

「ちなみに犯人はどのような人物でしたか？」

右京が質問すると、翼は首を横に振った。

「よく覚えてません……」

「凶器については？」

「アーミーナイフみたいな小さいナイフだったと思います。僕は関田さんの生まれ変わりなんでしょうか？」

右京は手を後ろで組んで、もったいぶるように言った。

「犯人と被害者しか知らないはずの事実と一致しています。生まれ変わりと説明するのが、一番合理的な解釈でしょうかねえ」

「だからなのかな……」

翼がぽつんと放ったひと言を、亘が拾った。

「なにかあった？」

「……ずっとスランプで、タイムが全然伸びないんです。自己ベストも高一のときのものだし……」

「生まれ変わりがスランプに関係してると？」

「……わかりません。でもタイムが伸びない理由が他に思い当たらなくて……」

そこへ〈スーパーヤガミ〉のエプロンをつけた三十代と思しき男が、不審そうな表情で現れた。

「あの……なにされてるんですか？　副店長の八神です。駐車場に不審な人たちがいると従業員が……」

エプロンの胸の名札に「八神友彦」の文字を確認し、右京が警察手帳を取り出した。

「大変失礼しました。警視庁の杉下と申します」

「冠城です」亘も倣う。

「警察の方……」

右京が翼を紹介する。

「こちらは吉岡翼さん。事件の捜査に協力してもらっています」

「ということは二十年前の？」

「おや、事件のことをご存じでしたか」

「遺体を発見したのが私の父ですから」

八神友彦は右京たちを事務所に案内し、父親で店長の八神淳一に引き合わせた。事情を聞いて、淳一はしみじみと言った。

「今でも忘れませんよ、あの日のことは……」

「事件当日は、関田昌平さんに空調設備の点検をお願いしていたそうですね」

右京が水を向けると、淳一はうなずいた。

「ええ。開店前に済ませてもらえるようお願いしてました」

そこで亘が申し出た。

「遺体を発見したときのようすをお聞きしたいのですが……」

「いいですよ」淳一は承諾してから、友彦に命じた。「お前は店に戻ってろ」

「失礼します」

友彦が事務所から去ったところで、淳一が当時のことを回想した。

「あのときはお客さまの呼び込みをしてたんです。そしたら、駐車場から叫び声が聞こえてきて……」

「叫び声ですか？」と亘。

「よく聞き取れなかったんですが、男の声でした。それで駐車場まで行ってみたら、血まみれの関田さんが……」

「あっ」翼が声を上げた。「思い出した。『タイヨウ』って叫んでたはずです」

「タイヨウ？」右京が確認する。

「はい。そう叫んでました」

「犯人の名前ですかね？」

亘が訊いたが、右京にも答えようがなかった。

翌日、亘は関田家へ出向き、園子にここまでにわかったことを報告した。話を聞いた園子が戸惑いながら訊き返す。

「タイヨウですか？」

「ええ。その名前の人物に心当たりはありませんか？」

「さあ」園子が首をひねる。「夫の知り合いにはいなかったと思います」

「そうですか」

「でも信じられない。彼の話が本当だったなんて」

「彼がご主人の生まれ変わりかどうかはなんとも言えません。ただ、翼くんの記憶は二十年前の事件のものと一致していました」

亘がそう応じたとき、マナーモードにしていたスマホが振動した。

「あっ、失礼します」

電話は右京からだった。亘は部屋の隅に移動してから電話に出た。

「はい」

——冠城くん、非常に興味深いものを見つけました。参考人調書に、ある人物の名前があったんです。

「誰ですか？」

——吉岡博幸。吉岡翼くんの父親です。

「えっ？」

その頃、翼は跨線橋の上で考えごとをしていた。昨日思い出したばかりの「タイヨウ」という叫び声——それを何度も頭の中で再生し、なにか手がかりがないか、懸命に探っていた。

亘は右京と合流し、吉岡の家へと向かった。道すがら、亘が右京から聞いた話を整理した。

「翼くんの父親は、事件が起きたときあのスーパーで買い物をしていた」

「犯行時刻の直後に車でスーパーをあとにしたようなんですがね。従業員の目撃証言によると、その前に翼くんの父親は店内を走り回っていたというんですよ」

「気になりますね」

「ええ。非常に気になりますねえ」

ちょうどそのとき、ふたりは吉岡の住むマンションに到着した。

翼の母親、直美(なおみ)は特命係のふたりをリビングに通した。

「どうぞそちらへ」

「突然押しかけて申し訳ありません」

右京はそう言いながら、棚に置かれた写真立てに目を走らせた。まだ幼い翼が両親とともにホールケーキを前に笑みを浮かべている写真や、高校時代の翼が陸上の競技会で優勝したときの写真など、翼の成長の記録が写真立ての中に並んでいた。

ベランダでタバコを吸っていた博幸が、不機嫌そうな顔でリビングへ入ってきた。

「今さらなんですか？　二十年も前のことなんて覚えてませんよ」

右京が丁重に頭を下げる。

「申し訳ありませんね。お答えいただける範囲で結構ですので」

博幸は面倒くさそうな口ぶりで、投げやりに話しはじめた。

「あの日は病院に向かう途中、スーパーに寄っただけです。飲み物とかオムツとか、いろいろと買っておくものがあったんで。そのときのレシートだって警察に提出してますよ」

「のちほど確認させていただきます」

「事件があったとき、店内を慌てたようすで走り回ってたそうですが……」

亘が話を振ると、博幸は大きくため息をついた。

「カミさんの陣痛がはじまったって病院から連絡があって、気が動転してたんですよ」

「本当です」直美が言い添える。「予定日より三週間早い出産だったので」

「犯行そのものを目撃したわけではない?」

確認する右京に、博幸は即答した。

「見てません。帰り際、駐車場に人だかりができていて、それを見かけた程度ですよ」

「タイヨウという名前の人物に心当たりはありませんか?」

亘の質問に、直美の目が一瞬泳いだ。

「えっ?」

「さあ……」博幸はすぐさま首を傾げた。

「いや、実は『タイヨウ』と叫ぶ声が聞こえたという情報がありまして……」

「そんな記憶はないし、その名前に心当たりもないですよ」

「嘘だ！」

博幸の答えに異議を唱えたのは、突然リビングに入ってきた翼だった。いつのまにか家に戻り、リビングでの会話に耳をそばだてていたのだった。

「翼くん！」

「どうしたの、翼？」

びっくりする亘と直美に構うことなく、翼は父親の博幸を見据えた。

「タイヨウって叫んだのは父さんだろ？」

「はあ？」

「思い出したんだよ。あれは父さんの声だ」

「なに言ってる」博幸は困惑した。

「なにか隠してるんだろ？　本当は事件に関係してるんじゃないの？　まさか、父さんが犯人なの？」

「いい加減にしろ！」

「じゃあなにを隠してるんだよ！　なんで隠しごとばっかするんだよ！」

翼はそれだけ言い残すと、家を出ていった。

「翼！」

息子を引き止めようとする直美を、博幸が制した。

「構うな！」

　翼が跨線橋の上で息を整えていると、荒い息を吐きながら亘がやってきた。

「意外と足速いんですね」

「現役のスプリンターにはかなわないよ」

　翼が亘に訴えた。

「タイヨウって叫んでたのは父です。あれは父の声でした」

「間違いない？」

「はい」

「隠してることがあるって言ってたよな」

「子供のときから引っかかってたんです。両親ともに親戚付き合いがなくて、僕はおじいちゃんとおばあちゃんにも会ったことがありません。引っ越しも多かったし、僕が五歳くらいまでの家族写真も残ってないんですよ。おかしいと思いませんか？　その理由がやっとわかりました。父が関田さんの事件に関わっていて、それを隠すためだったんですよ……」

　その頃、右京は吉岡直美と博幸に翼が語ったことを打ち明けていた。

「翼が生まれ変わり？」

直美が呆れると、博幸は言った。

「刺される夢を見たって何度か聞いたことはありますけど、警察はそんな話を鵜呑みにするんですか」

「いえ、そういうわけではありませんが、ただ翼くんの記憶と事実が一致していることは見逃せません」

右京の言葉を、博幸は一蹴した。

「なにかの間違いですよ」

右京が右手の人差し指を立てる。

「もう一度確認なのですが、おふたりとも事件のことは翼くんには話されていないんですね？」

「はい」直美がうなずく。

「話してないですよ」博幸も否定した。「もういいですか。仕事に出かけるんで」

右京は立ち上がって一礼した。

「申し訳ありませんでしたね」

「とにかくこれ以上、翼に構わないでください」

「どうかお気を悪くなさらないでください」右京は立ち去ろうとして急に振り返り、左手の人差し指を立てた。「あっ、もうひとつだけいいですか？」

「なんですか？」博幸が訝しむ。

右京は幼い翼がケーキとともに写った写真に顔を寄せた。よく見ると、親子三人の背後には鏡餅が飾ってあった。

「これ、お正月の写真ですよねえ。お正月にホールケーキは珍しいと思いましてね」

「それがなにか？」と博幸。

「いえいえ。細かいことが気になってしまう性格でして」

直美が説明した。

「新年のお祝いってことでケーキを食べるようになったんです。おせちとか子供はあんまり食べないですし」

「ああ、そうですか。新年のお祝いで……。なるほど」

言葉とは裏腹に、右京は納得していなかった。

三

その夜、右京と亘は特命係の小部屋で事件を検討していた。

亘から受けた報告を右京がまとめた。

「翼くんのご両親は親類縁者と縁を切り、転居を繰り返し、事件直後から五年間ほどの写真を処分した可能性がある……」

「ええ」亘が同意した。「調べてみたら、府中、藤沢、久留米、高松、そして現在の中野。四、五年おきに引っ越しをしてました。吉岡博幸さんはその都度、トラックの運転手、警備員など、職を転々としてます」

「翼くんの言うように、ご両親はなにかを隠しているのかもしれませんねえ」

右京は高く掲げたティーポットから優雅に紅茶をカップに注ぐと、亘に反論した。

「そうとしか考えられませんよ。だいたい生まれ変わりなんて話、あり得ませんからね」

「ですが、チベット仏教ではすべての生き物は輪廻転生(りんねてんしょう)するという考えもあるぐらいですからね」

「右京さんは、前世の記憶はないんですか？」

「ええ、残念ながら」

「右京さんの前世はシャーロック・ホームズだったりして」

「君にそう言っていただくのは大変光栄なんですがね、シャーロック・ホームズは架空の人物ですから」

「はい、そうでした」

亘が認めたとき、スマホが振動した。捜査一課の伊丹憲一からの着信だった。

――おい冠城、いったいどういうことだ？　吉岡翼っていう大学生が刺されたぞ。犯人は逃走中だ。

「翼くんが刺されたそうです」

亘は右京に伝え、スマホの通話をスピーカーに切り替えた。

伊丹はとある公園から亘に電話していた。

「生まれ変わりなんてうさんくさい話を真に受けて、二十年前の事件を嗅ぎ回ってたそうだな」

そこへ同僚の芹沢慶二がやってきた。

「近くの植え込みで凶器が見つかりました」

後輩の出雲麗音が続いた。

「特殊な形状をしたナイフです」

伊丹はふたりにうなずくと、電話の向こうの亘に釘をさす。

「とにかくだ。特命係が関わるとろくなことがねえ。今後余計なまねするんじゃねえぞ。警部殿にもそう伝えておけ！」

翌朝、翼が入院している病院の病室に捜査一課の三人の姿があった。聞き込みに来た三人に、翼はベッドに横たわったまま硬い表情で応対した。

「犯人の顔は見ていません。いきなり襲われたんです。何度言えばいいんですか？」

「納得がいかないから何度も訊いてるんです」

芹沢の言葉を受けて、麗音がひとつひとつ確かめるように訊いた。

「おへその辺りを刺されてますよね？　ということは犯人と向き合ってたってことになりませんか？」

「……黙秘します」

伊丹が苦笑する。

「あのね、黙秘権は容疑者の権利なんだよ」

「君は被害者。ねっ？　犯人捕まえたくないの？」

芹沢が言ったとき病室のドアが開き、右京が現れた。伊丹が右京の前に立つ。

「警部殿、特命係には首を突っ込んでほしくないとお伝えしたつもりなんですがね」

「もちろんお邪魔はしませんが、伊丹さんたちにも興味深い話だと思いましてね」右京は伊丹の小言を平然と受け流し、ベッドサイドへ移動した。「現場で発見された凶器ですが、電気工事の際によく使われる電工ナイフでした。実は先日、我々が返却した関田昌平さんの遺品の中にまったく同じタイプの電工ナイフがありました。あなたを刺したのは関田園子さんですね？」

顔色は変わったものの口は閉じたままの翼に、右京が続けた。

「今、冠城くんに詳しく調べてもらっています。凶器に使用されたのが、関田昌平さんの電工ナイフだったことは間違いないと思いますよ。本当のことを話してもらえますか？」

ついに翼が覚悟を決めた。

「……僕が悪いんです。あの人を追い詰めてしまったのは僕なんです」

「その女が犯人だと認めるんだな？」

伊丹に問い詰められ、翼は静かにうなずいた。

「二十年間ずっと後悔してたんです」

警視庁の取調室に呼ばれた関田園子は、肩を落として言った。

「後悔？」

園子に正対して座る伊丹が訊き返した。

「あの日の朝、喧嘩したんです。旅行する約束の日に仕事が入って……。私、そのことで電話で文句ばっかり言ってて。主人は『悪かった。ごめんな』って謝ったのに。喧嘩したまま電話を切って、そのすぐあとに主人は……」

そのため園子は、夫の生まれ変わりと主張する翼を夜の公園に呼び出したのだった。

「私は主人に会いたい。あの日のことを謝りたい。そのことだけを考えてきたの。信じたいの。あなたが主人の生まれ変わりだって」

真剣な表情の園子を見て、翼は戸惑いながらうなずいた。

「……はい」

「私のことは……思い出せない？」

すがりつくような目で近づいてくる園子に、翼は頭を下げた。

「すみません。僕には殺されたときの記憶しか……」

翼の言葉が聞こえているのかいないのか、園子は持参した紙袋から、電気工事の道具類を次々に取り出し、ベンチに並べた。

「主人が大事にしてたもの、持ってきたの。これ見たら、なにか思い出すかもしれない！どうかな？」

翼が答えに窮していると、園子はさらに別の遺品を取り出し、翼に渡した。

「あとは、いつもかけてたサングラス。私がプレゼントしたお財布」

「あの、関田さん……」

「ふたりで選んだ腕時計」

「すみません」翼は遺品を園子に押し返した。「思い出せないんです」

「あなた、いったい誰なの？　主人の生まれ変わりだって言ったのはあなたじゃない」

　深々と頭を下げる翼を、園子がすすり泣きながらなじった。

「私をからかって面白い？」

「そんなつもりじゃ……」

「人の気持ちを……なんだと思ってるの！」

　次の瞬間、園子は夫の遺品の電工ナイフを手に取り、翼の腹部に突き立てたのだった。


「許せなかったんです。私の気持ちを踏みにじられたような気がして」

　園子が自供を終えると、麗音が言った。

「吉岡翼さんはあなたを庇ってましたよ」

「えっ？」

　芹沢が補足した。

「聴取をしても、犯人の顔は見ていないの一点張り。それに凶器を植え込みに隠したのも吉岡さんです」

「それでも彼が許せませんか？」

　伊丹のひと言で、園子の目に涙が浮かんだ。

その夜、右京と亘は特命係の小部屋で改めて事件を検討していた。取調室での関田園子の供述を受けて、亘が言った。

「吉岡翼、どうやら彼、生まれ変わりじゃなかったようですね」

右京は関田昌平の刺殺事件の捜査資料を眺めていた。

「ひとつ気になっていることがあります」

「なんですか？」

「オムツです」

「オムツ？」亘が目を丸くする。

「吉岡博幸さんは事件の直前、生まれてくる翼くんのためにオムツを購入したと言っていました。ですが……これ、提出されたレシートによると、Lサイズのオムツでした。新生児には大きすぎると思いますがねえ」

亘も捜査資料に貼られたレシートを確認した。

「気が動転して間違えたんじゃないですか？」

と、右京のスマホが振動した。右京はスピーカーに切り替えて、電話に出た。

「杉下です」

電話をかけてきたのは鑑識課の益子だった。

――あんたの見立てどおりだったよ。

「そうですか」

――ご依頼のトレーディングカードから吉岡翼という人物の指紋が検出された。あんたの言うとおり、カードのほうの指紋は幼児期のものだ。おそらく二、三歳ってとこだな。

「どうもありがとう」

電話を切った右京に、亘が詰め寄る。

「ちょっと待ってください。そんなのあり得ません」

「どうしてですか?」

「どうしてって……事件があった日に彼は生まれてるんですよ」

「もし、そうではなかったとしたら?」

眼鏡の奥の右京の瞳がきらりと輝いた。

四

翌日、吉岡直美と博幸は入院中の息子の見舞いに来ていた。

「来月には退院できるって先生が。インカレに出られないのは残念だけど……」

翼が母親のことばを途中で遮る。

「どうでもいいよ。今のままじゃ、どうせまた予選落ちだし。俺って誰なんだろう?わかんなくなっちゃった」

「馬鹿なこと言うんじゃない。お前は吉岡翼だ。父さんと母さんの子供だ」

　博幸が息子を説き伏せるように言った。

　直美と博幸が病室を出ると、そこに特命係のふたりの姿があった。博幸が眉間にしわを寄せた。

「翼には構わないでほしいって言ったはずですが」

「今日はおふたりにお話が」右京が申し出る。

「えっ？」

「タイヨウという人物が何者なのかようやくわかりました」

　右京は不安そうなふたりを病院の屋上にいざなった。そして、博幸に向き合った。

「翼くんの記憶によると、タイヨウと叫んでいたのは、あなただったようです」

「またその話ですか？　いい加減にしてくださいよ」

　博幸の抗議を物ともせずに、右京は続けた。

「しかし、それは犯人に向けられたものではなかった。子供の名前を呼んでいたんですよ」

「えっ？」博幸の顔色が変わる。「いや、言ってる意味がわかりません」

「吉岡太陽（たいよう）……それが翼くんの本当の名前ではありませんか？　つまり翼くんは、あの殺人現場に居合わせていた」

「あんた、なに言ってるんだ？」

食ってかかる博幸に、亘が証拠を突きつける。

「二十年前の事件の遺留品に、翼くんの指紋があったんです」

「なにかの間違いだ」

博幸は強弁したが、右京は無視して推理を語った。

「あなたが店内を走り回っていたのは、おそらく翼くんが……いや太陽くんが迷子になったからでしょう。このことを警察に黙っていたのは、吉岡太陽くんに戸籍がなかったからですね？」

「馬鹿馬鹿しい。臆測で作り話をでっち上げないでください」

博幸が抗議を続けるなか、亘は攻撃目標を妻のほうに変更した。

「直美さん」

「はい……」

「ご主人と結婚する前、別の男性と結婚してましたよね？　地元警察に当時、夫から受けていたDVの相談記録が残っていました。民法では離婚後三百日以内に生まれた子供は、事実とは関係なく、前の夫の子供として戸籍上の手続きをしなければならない規定になっています。太陽くんの戸籍を作らなかったのは、それが理由で？」

「直美、こんな奴らの話、聞く必要なんかない」

博幸は妻を促して立ち去ろうとしたが、直美はもう黙っていることに耐えられなくなっていた。

「十八のとき、駆け落ち同然で結婚して……」

「直美……」

「でも、そのうちあいつは私に暴力をふるうようになりました。いつか殺される。そう思ったら怖くなってシェルターに……。それから主人と出会って、太陽を身ごもったんです。でもそのとき、私はまだあの男と結婚したままで……」

「なかなか離婚はできなかった」

亘が直美の気持ちを汲んだ。

「あの男の上司に立ち会ってもらって、どうにか離婚できました。主人との子を妊娠しているのは知られないようにして……。あの男の戸籍に入れたくなかったんです。でも、それよりもなによりも、太陽の存在を知られたくなかった」

「家族に危害が及ぶかもしれないと？」

亘が訊くと、直美は「子供を守りたかったんです」と答えた。

右京が再び推理を語る。

「その後、あなたは博幸さんと再婚したものの、太陽くんを無戸籍児として育てました。

そして二〇〇一年十一月三日、第二子となる翼くんを出産」

「そのとき生まれた本当の翼くんは、いったいどこに消えてしまったんですか？　太陽くんにも翼くんにも、親としての責任を果たすべきじゃないんですか？」

亘に詰め寄られて、直美は洗いざらい打ち明けた。

「……生後四カ月でした。寝ている翼をベッドから抱き上げたら、体が冷たくなっていて。いくら呼びかけても目を覚ましてくれなくて。すぐお医者さんに行かなきゃって。でも……」

博幸が妻の肩を抱き寄せた。

「太陽を翼として育てようと説得したのは私です。今のままだと太陽が一生無戸籍になってしまう。太陽はここにちゃんと生きてるのに、この世に存在しないことになる。この先学校に行けるのか、将来家庭を持つことができるのか、それも不安でした。だから太陽を翼として育てるのが太陽のためなんだと……。翼の遺体は墓地の近くの竹林に。せめてもの供養になればと……」

博幸も直美も声を殺して泣いていた。打ちひしがれるふたりに、亘が言った。

「翼くんがタイヨウと叫ぶ父親の声を思い出せたのは、かつておふたりが呼びかけていた名前を忘れていなかったからなんですね」

「死体遺棄はれっきとした犯罪です。すでに時効とはいえ、許されることではありませんよ」

　右京に説かれ、直美も博幸も涙にくれた。

「ごめんなさい、ごめんなさい……」

「申し訳ありません……」

「翼くんの死亡届を出さず、その戸籍を太陽くんのものとしていることもまた法に触れます。これを機に正しく届け出てくださいね」

　右京の言葉は博幸の胸に染みた。博幸はもう反発することなく、素直にうなずいた。

「わかりました」

「翼くんの前世の記憶は、実際に殺害現場を目撃していたということだったんですねぇ」

「多分そうだと思います。翼を見つけたとき、その近くに関田さんが倒れていたので。胸にナイフが刺さったままで、すでに絶命されているようでした」

「ナイフが刺さったままだった？」

　右京が訊き返す。

「はい、刺さってました。グリップの赤いナイフが……」

　博幸のひと言で、右京は関田を殺した犯人がわかった。

　その後、右京と亘は〈スーパーヤガミ〉を訪れた。

右京は店長の八神淳一を殺害現場の駐車場へ連れ出した。淳一は怪訝そうだった。

「お話というのはなんですか？」

「二十年前、関田昌平さんが殺害された際に使用された凶器、それは犯人が持ち去ったと考えられていました」

「それがなにか？」

「しかし持ち去ったのは、あなただったんですね？」

「私が犯人だとでも？」

「いいえ」

右京が首を横に振ったとき、亘が八神友彦を伴って現れた。

「お連れしました」

右京は淳一を引き続き咎めた。

「第一発見者のあなたは、凶器のナイフに見覚えがあったはずです。なぜならそれは、当時中学生だった友彦さんが持ち歩いていたアーミーナイフだったからですよ」

息子の名を出され、淳一は急にいきり立つ。

「言いがかりはやめろ！　証拠はどこにあるんだ！」

亘が淳一の前に立った。

「トレーディングカード。犯人のものと思われる遺留品です。そのカードには友彦さんの指紋が残されていました」

　証拠を提示されると、友彦はたちまち陥落した。

「あの日店に来てみたら、男の子がひとりでいるのを見つけて。すぐに迷子だと思いました。でも男の子が懐いてくれて、少しだけ一緒に遊んでみたくなって……」

　それで友彦は持っていたトレーディングカードを一枚、太陽にあげたのだった。友彦は学校でイジメを受けており、友達がいなかった。だから太陽が楽しそうにしているのが、とても嬉しかった。太陽にもっと喜んでもらいたいと考えた友彦は、いつも護身用に持ち歩いていたアーミーナイフを取り出して見せた。

　ちょうどそのとき関田昌平が駐車場に入ってきた。そして、友彦が太陽に危害を加えようとしていると勘違いし、警察を呼ぼうと携帯電話を取り出した。

　関田を止めようと、友彦は突進した。その勢いでナイフの刃が関田の腹に突き刺さった。あとは無我夢中だった。通報されると大変なことになると思った友彦は、倒れた関田の上にまたがると、左胸にナイフを突き立てたのだった。

　そのとき吉岡博幸が息子の名前を呼びながらやってきた。友彦は動揺し、慌ててその場から逃げ去った。

　太陽はその一部始終を至近距離から見ていたのだった。

「全部話してくれるね？」

亘にそう言われ、友彦はうなずきながらその場にくずおれた。

右京は淳一に向き合った。

「あなたも」

「息子を守りたかった……。まだ中学生だったんですよ。親なら誰だって助けたいと思いますよ！」

言い募る淳一を、右京が厳しく諭す。

「八神さん、それが親の愛情だと思ったら大間違いですよ。あなたは友彦くんから、罪を償う機会を奪ったのですから。親ならばもう少し早く息子さんを楽にさせてあげるべきでした」

数日後、傷が完治して退院した吉岡太陽は大学のグラウンドにいた。訪ねてきた特命係のふたりに一枚の古い写真を差し出した。

「四人の家族写真です。これだけは父さんが捨てられなかったみたいで」

亘が受け取った写真の右側には博幸、左側に生後間もない赤ん坊を抱いた直美、そして中央に小さな男の子が写っていた。亘が男の子を指差す。

「これが君……太陽くんだね？」

「そうです」

「幼い君の写真を処分したり、何度も引っ越して親族と音信不通になったのは、吉岡翼として君を育てるためだった」

右京の言葉に、太陽はわずかに顔を曇らせた。

「まだ気持ちの整理がつかないですけど、両親もつらかったと思います。死んでしまった子供の名前を呼びかけながら、僕を育てるのは……」

「君は吉岡太陽に生まれ変わったわけだ」

亘が言うと、太陽は苦笑した。

「僕が持ってたジュニア記録は見直されるみたいです。そりゃそうですよね。周りが小四のときに僕は中一で、中三のときに高三だったんですから」

「陸上はどうするの？」

「走るのは好きなので、大学にいる間は続けようと思います」

「そっか」

「おふたりが僕の話を信じてくれたから、本当の自分を取り戻せました。ありがとうございます！」

深々と腰を折る太陽に、右京が右手の人差し指を立てた。

「ああ、最後にひとつだけ」

「はい」

「吉岡太陽くん、君の本当の誕生日は一月一日ではありませんか？」

「なんでわかったんですか？」

「ケーキですよ。あのお正月の写真のケーキ。あれは誕生日のお祝いだったのではないかと」

「すごい推理力！　びっくりしました」

太陽が素直に驚くと、亘が茶化した。

「あんまりおだてないで。この人、細かいことが気になるだけだから」

右京がむくれる。

「君、今、それ言いますかねえ？」

「あっ、すみません……」

右京が太陽に向き合った。

「太陽くん、もしなにかあったら、いつでも我々に相談してくださいね」

「はい」

「頑張って！」

亘のエールを受け、太陽は大きな声で「はい」と答えて、トラックのほうへ駆けていった。

「第八話」紅茶のおいしい喫茶店

一

警視庁特命係の杉下右京と冠城亘はなぜか喫茶店で働いていた。

右京は紅茶通で知られていたが、だからといって紅茶専門の喫茶店〈ＴｅａＴｅａ〉に転職しようとまで思いつめたことはなかった。ましてや、コーヒー通を自任する亘が、同じ店のアルバイト店員として働くなど、通常は考えられないことだった。

それなのにふたりが蝶ネクタイにエプロンという格好でその喫茶店で働いていたのは、組織犯罪対策五課長の角田六郎から頼まれたからだった。

話は三日前、いつものように角田が特命係の小部屋に入ってきたときにさかのぼる。

「張り込みの応援？」

訊き返した亘に、角田がパンダのマグカップに特命係のコーヒーサーバーからコーヒーを注ぎながら言った。

「どうせ暇だろ。手貸してくれ」

そのときも右京は自分で淹れた紅茶をたしなんでいた。

「手を貸すのは構いませんが、どのような事案でしょう？」

「うちと二課が詐欺グループを追ってる。仮想通貨を使ったロマンス詐欺だ」

「ロマンス詐欺って、相手と恋愛関係になったふりをして金をだまし取る古典的な手法ですよね」

亘が確認すると、右京が補足した。

「最近はマッチングアプリを使った手口が増えていると聞きますねぇ」

「それそれ」角田がうなずく。「多田野（ただの）という妻子持ちの男がマッチングアプリで『さやか』という女と知り合った。さやかは徐々に多田野の心をつかみ、頃合いを見て仮想通貨の投資話を持ちかけた」

さやかはワイン好きという名目で、同じ好みの多田野の気を引いた。そして、仮想通貨で利益が出たので高級ワインを手に入れたと自慢した。興味を示す多田野に、さやかはゲーム感覚でできて儲かると勧めたのだった。

「でも信じますかね？　会ったこともない人の話」

半信半疑の亘に、角田が詐欺グループの手の内を明かす。

「それが巧妙にできててな。多田野はさやかに嫌われたくない一心で、仮想通貨を一万円だけ買った。それが三日後には十万に、一週間後には百万になった」

「一週間で百万？」

亘は目を丸くしたが、右京はすでにからくりを見抜いていた。

「その仮想通貨そのものが架空だったのではありませんか？」

「ご名答」と角田。「そこは詐欺グループが作った架空の仮想通貨の運営サイトだった」

亘が感心する。

「それなら相場の上下も自由自在ですね」

「多田野は信じ切って、貯金を全額投資した。その直後、さやかはドロン。この手口で連中は二億円以上を荒稼ぎしている」

「今回、なにかしらの糸口がつかめたということですね？」

角田が一枚の写真を取り出した。さやかがSNSで多田野に送った写真をプリントアウトしたもので、さやかはレストランらしき店で高級ワイン片手に微笑(ほほえ)んでいた。

「多田野がこの画像のワインのシリアルナンバーと背景に写った内装からレストランを特定し、さやかという人物を追い込んでコンタクトを取ることに成功した。ただ指定された喫茶店に行くと、現れたのはさやかの夫と名乗る男で、多田野が下心たっぷりにさやかに送ったアプリのメッセージを突きつけ、妻に手を出そうとしたことを家族や会社にバラすと脅(おど)された。いったんは泣き寝入りも考えたようだが、どうしても納得できなくて、警察に駆け込んだってわけだ」

「でもその手の事案、二課の仕事じゃ？」

疑問を呈する亘に、角田が答える。

「ああ、それがな、うちが先週しょっ引いた平田(ひらた)って半グレが、一時期この詐欺グループにいたって歌いはじめてな。それで俺らも協力することになった」

「なるほど」右京が納得する。

「平田によると、グループには五十人ほどのメンバーがいて、偽サイトを作るIT担当やら、だました相手との交渉担当やら、役割が細かく分かれているらしい」

「かなり組織的ですね」と亘。

「うん」角田がうなずく。「だが厄介なことに、誰もこの詐欺グループのリーダーの顔を見たことがないときた」

「じゃあ、どうやって指示を？」

「すべてメールだ。平田は運転手で、決められた八カ所をぐるぐる回っていたらしい」

「運んでいたのは？」

「おそらく金だ。連中はネット上でだまし取った金を足がつかないように現金に換えて、この八カ所のどこかに隠している。そこでだ。ふたりにはここに張り込んで、動きがないか監視してもらいたい」

角田が地図を角田は指差していた。1から8までの番号の書かれた付箋が貼ってある。そのうちの「2」の場所を角田は指差していた。

「2番ですか」と右京。

「そう、2番。で、多田野の証言から似顔絵を作ったが、該当者はなし。唯一の手掛かりがこれだ」

角田がストローの写真を取り出した。喫茶店で会ったさやかの夫と名乗る人物が使ったものを、多田野が機転を利かせて持ち帰ってきたのだった。

「このストローから男のDNAを採取した。これと合致する奴がグループの交渉担当だ」


翌日、右京と亘は2の付箋が貼られた場所へと向かった。

「あの倉庫ですねえ」

右京が言うように、通りに面して古びた倉庫の出入り口が見えたが、現在は閉じられていた。

「しかし右京さん、詐欺グループの人相や名前もいっさい不明、唯一の証拠がストロー一本ですよ。どうやってDNA合致するか調べろっていうんですかね」

「愚痴はその辺で。倉庫の出入り口はあそこですかね？」

「あっ、あそこですね」

「なるほど。さて、どのように二十四時間態勢で張り込みますかねえ」

右京は周囲を見渡し、倉庫と通りをはさんだ反対側に一軒の喫茶店を見つけた。看板には〈TeaTeaTea〉と店名が記してあった。ふたりがドアを開けて店内に足を踏み入れると、店主らしい男が掃除をしていた。

「あら、ごめんなさい。今日はお休みなもので」

「失礼いたします」右京が頭を下げる。「こちらのマスター？」

「ええ、そうですが」

「ちょっとお店をお借りできません？」

亘の申し出を聞き、店長は勘違いをした。

「えっ、貸し切りですか？　パーティーかなんか？」

「警察です」亘が警察手帳を掲げた。

「警察？」

真鍋弘明という名のマスターは驚いて亘の顔を見返した。

「詳しいことはちょっと言えないんですが、向かいにある倉庫を二十四時間態勢で監視することになりまして……」

「こちらで張り込みをさせていただきたいんです」

「張り込み？　いやいや、そんなこと急に言われても……」

亘と右京の要請に真鍋が戸惑っている間に、右京は目敏く紅茶の茶葉の入った缶を見つけた。

「おや。これ、ニルギリですねえ」

「えっ、ご存じなんですか？」

右京にとっては常識だった。

「ええ。とても飲みやすく、キレのいい味です。そしてこちらはイギリス王室御用達の茶葉。いいものを取りそろえていますねえ」

「ありがとうございます。私、紅茶が大好きなもので」

「そうですか！」

目を輝かせる右京に呆れたようすの真鍋に対して、亘が説明した。

「すみません。うちの杉下も紅茶に目がなくて」

「ちなみに今季のダージリンのセカンドフラッシュはいかがでした？」

右京が真鍋に質問した。右京と付き合いの長い亘もある程度、紅茶の知識を身につけていた。

「セカンドフラッシュって初夏に摘んだ茶葉ですよね」

「ええ」真鍋はうなずく。「今季のはイマイチでしたね」

「ほう」右京が真鍋の意見に反応した。

「深みが足りてないし、香りもねえ……」

「なるほど、興味深いご意見ですねえ。お店はおひとりで？」

「ええ。一昨年、定年退職したんですが、ずっと喫茶店を開くのが夢でして。居抜きでここを見つけましてね。趣味と実益を兼ねて、ひとりでのんびりやってます」

「まさしく夢のような生活ですねえ」

「ただもう体も無理がきかないので、気が向いたときだけ開けてるんです」

右京はすっかりこの店が気に入ったようだった。

「ますます夢のようです。冠城くん、ここにしましょう」

「えっ？」

「もちろん任意の捜査協力なのですが、お力を貸していただけませんか？」

右京に頼み込まれ、真鍋がついに折れた。

「うーん。わかりました。うちでよかったらどうぞ」

「ありがとうございます」右京が一礼する。

亘は天井に視線を向けた。

「あれ？ 防犯カメラもあるんですね」

「ええ」

真鍋がうなずいたとき、ドアが開いて高齢の婦人が入ってきた。

「よかった、今日開いてて」

真鍋が婦人の名前を呼ぶ。

「瑞枝（みずえ）さん」

瑞枝と呼ばれた婦人は常連客のようだった。

「マスター、いつものね」

「今日はちょっと……」

店をしまいかけていたのに思わぬ展開になって困っている真鍋に、右京が提案した。

「マスター、私がやりましょうか？」

瑞枝は右京と亘に目を走らせた。

「新しいアルバイトさん？」

「いや、あの……」

口ごもる真鍋に代わって、右京が嘘も方便とばかりに言った。

「ええ。僕ら、マスターの古くからの仲間なんです。今日からお店のお手伝いに」

「よかったじゃない」瑞枝は真鍋に微笑むと、右京と亘に向き合った。「ここのマスター、お店しょっちゅう休むの。これから毎日通えるわ」

真鍋が改めて瑞枝をふたりに紹介する。

「常連の大杉(おおすぎ)瑞枝さんです」

「瑞枝さん」

復唱する右京を、瑞枝が手招きした。

「新人さん、ちょっと……」

「はい」右京は快活に返事をし、亘に命じた。「冠城くん、おしぼりとお冷(ひや)」

「あっ、はい」

真鍋が呆れて亘に訊いた。

「えっ? あなたたち、お店までやるつもりですか?」

答える亘も呆れていた。

「そういう成り行きのようですね」

瑞枝は窓際のテーブル席に右京を導いた。

「覚えておいて。ここが私の特等席」

「承知いたしました」

右京は恭(うやうや)しくお辞儀をし、しばらくしてティーカップとティーポットを瑞枝の席へ運んだ。

「本日の紅茶、ダージリンベースのアールグレイです。どうぞ」

右京がいつものように高く掲げたポットから華麗に紅茶を注ぐと、瑞枝は目を丸くした。

「あなた、ただ者じゃないわね」

「いいえ、ただの紅茶好きの男です」

「じゃあ、いただくわ」

「どうぞ」

瑞枝は優雅な仕草でカップを口に運ぶと、口の中で十分に紅茶を味わってから、「パーフェクト」と評した。

「恐縮です」

微笑みながらも、右京の目は向かいの倉庫へと向けられていた。


その夜、亘が照明を落とした〈ＴｅａＴｅａＴｅａ〉の店内から倉庫を見張っていると、角田から電話がかかってきた。

――どうだ、そっちは？

「いや、特に動きは……。昼間も人の出入りはありませんでした」

――なにかあったらすぐ知らせてくれ。

「了解」

――杉下は？

「なんか必要なものがあるとかで……」


その頃、右京は家庭料理〈こてまり〉の店内にいた。ただし、いつものように猪口(ちょこ)を傾けているのではなく、女将(おかみ)の小手鞠(こてまり)こと小出茉梨(こいでまり)に買ってきてもらった紅茶の茶葉を受け取っていたのだった。

「これです、これ。お店に茶葉の種類とストックが足りなかったものですからね」

小手鞠が笑いながら言った。

「張り込みなのに、おふたりでお店までやってらっしゃるんですか？」

「むしろ開けていたほうが堂々と張り込めますから」

「とか言って、なんだか楽しそう」小手鞠は折箱をふたつ差し出した。「これ差し入れのお弁当です。お夜食にでもどうぞ」

「お気遣いありがとうございます」

さらに紙袋を差し出す。

「それとこちらも」

右京が紙袋を開けると、中には黒い蝶ネクタイが二本入っていた。

「蝶ネクタイですか？」

「つけたほうがいいですよ。そのままだと、おふたりとも刑事感丸出しですから」

「ありがたく」

右京は苦笑しながら受け取った。

二

翌朝、〈TeaTeaTea〉で右京が茶葉の入った缶を袋から取り出していると、真鍋が一枚の書類を亘に渡した。

「これ、張り込みの同意書です」

「ああ、すみません」亘が受け取り、確認する。書類の末尾に癖のある字で署名がされ、押印されていた。「えっと、署名と印鑑。確かに」

かくしてふたりは〈TeaTeaTea〉の臨時店員となったのだった。

右京が缶をすべてテーブルに並べた。

「マスター、僕が仕入れた茶葉、ここに飾っても構いませんか？」

「ああ、いいですよ」

「ありがとうございます」

嬉々として働く右京を横目で見ながら、真鍋が亘に訊いた。

「しかし警察ってここまでするんですね」

亘が声を潜(ひそ)める。

「いえ、根が凝り性な上司なもので」

右京が真鍋に話しかける。

「それと僕がブレンドした紅茶、ちょっと試飲していただけませんかね」

「試飲？」

「ええ。プロの方のご意見をぜひお聞きしたくて」

「いいですよ。あとでいただきますので、これに入れておいてください」

真鍋が右京にステンレスの水筒を差し出した。

「ありがとうございます」

右京は受け取り、カウンターで淹れた紅茶で水筒を満たした。そして水筒を真鍋に返す。

「マスター、忌憚のない意見をお願いします」

「はいはい。じゃあ」

真鍋は水筒をバッグにしまうと、店から出ていった。

「いってらっしゃいませ」

右京が真鍋を見送っていると、入れ違いで瑞枝が店に入ってきた。

「こんにちは」

「瑞枝さん、いらっしゃいませ」

瑞枝は店に入ってくるなり、右京が並べたばかりの缶のひとつに吸い寄せられるように近づいた。

「あら？　これ、ゴールデンチップスじゃない！」

「おわかりになりますか？」

「ええ、もちろん！」

右京と瑞枝の会話を聞き、亘が興味を示す。

「そんなにすごいんですか？」

「ロンドンのホテルで飲んだら、一杯二万円以上はするわよ」

「二万円？　高っ！」

「さすが瑞枝さん、お目が高い。お試しになります？　サービスさせていただきます」

「まあ、嬉しいわ」

「ではいつものお席で」

「はい」

右京と瑞枝がそんなやりとりをしていると、眼鏡(めがね)を掛けた男性客が入ってきた。亘が応対する。

「いらっしゃいませ」

男性客は出入り口に近い席に座ると、「ブレンド」と注文した。

「はい」

しばらくして、右京がポットとカップを瑞枝の席まで運び、華麗な手際でゴールデンチップスの紅茶を注いだ。

「お待たせしました。どうぞ」

瑞枝は最初に香りを楽しんでから、琥珀色の液体をゆっくり口に含んだ。そして、たちまちうっとりした顔になる。

「……おいしいわ。私、昔、主人とイギリスに住んでたの。あっちで飲んだのと同じ」

「イギリスのどちらに？」右京が訊く。

「グラスミアっていう、湖の近く」

右京もその湖水地方の村を知っていた。

「いいところですねえ。とても静かで、景色がよくて」

「行ったことあるの？」

「ええ。まあ、はるか昔の話ですが」

「それなら私のほうこそ、はるかはるかの大昔よ」瑞枝は笑い、再び紅茶を味わった。「本当においしい。主人にも飲ませてあげたい」

「ご主人は？」

「ああ……今、別荘に住んでるの」

「別荘ですか。素敵ですねえ。どちらの？」

「長野の奥諏訪っていうとこ。そこ、グラスミアによく似てるの」

「奥諏訪にそんな素敵な場所があるんですねえ」

「でもあの人寂しがり屋だから、近々私もあっちに行こうと思ってるの」

「それは楽しみですね」

「そうね」

「では、ごゆっくり」

右京が顔を上げたとき、向かいの倉庫の前に車が停まり、若い男女が降りて出入り口に向かった。

「お待たせしました。ブレンドです」

亘は眼鏡の男性客が注文したコーヒーを運んでいるところだった。

カウンターに戻ってきた亘に、右京が小声で指示を出す。

「角田課長に連絡を」

「かしこまりました」

亘は店の奥に下がり、角田に電話でふたりの特徴を伝えた。

「男女は共に二十代後半から三十代前半。男の身長は一七〇センチ。中肉中背。女の身長は一六〇センチ。髪の毛はストレートのロングです」

――わかった。尾行してくれ。

「はい」

亘が電話を切ろうとしたそのとき、件の男女が〈TeaTeaTea〉に入ってきた。

「あっ、ちょっと待ってください。ふたりが店内に入ってきました」

――そりゃ好都合だ。なんとかDNAを採取してくれ。あのストローと一致すれば……そいつが詐欺グループの交渉担当だと特定できる。

「了解」

右京が男女を出迎える。

「いらっしゃいませ。二名様ですか？　どうぞこちらへ」

テーブル席についたふたりに右京がメニューを渡すと、男のほうが店内を見回して訊いた。

「ここって、おひとりでやってるんですか？」

「いいえ、オーナーがおりますが今日はお休みで。ああ、ひとりバイトを使ってます」

「そうですか」

「ご注文は？」

男はブレンドコーヒーを、女は本日の紅茶を注文した。右京がカウンターに戻り、奥から出てきたばかりの亘に伝える。

「ブレンド一、本日の紅茶一です」

亘は右京の言葉をちゃんと聞いていた。

「僕はアルバイトですけどもね」

しばらくして、右京がオーダーの品をふたりに運んだ。

「お待たせしました」

右京がいつものように華麗な手さばきで紅茶をポットからカップに注ぐと、女が「すごい」と目を輝かせた。

男が探るように質問する。

「……これってなんていう紅茶ですか？」

「はい？」

「本日の紅茶と書いてありましたけど、なんていう銘柄です？」

「こちら、アールグレイ・オレンジペコでございます。オレンジという名がついているために柑橘系の風味を想像される方が多いのですが、オレンジペコというのは茶葉の大きさや形状を表す呼び名です。ちなみにオレンジという言葉の由来は、お茶の色がオレンジ色に見えるという説や茶葉の香りづけにオレンジの花を使ったという説、またオランダの王族の名前に由来する説と、諸説ございます」

立て板に水の勢いで説明する右京に気圧(けお)されたかのように、男がうなずいた。

「そうなんですか」

「味、香り、色のバランスの取れたとても飲みやすい紅茶となっております。ではごゆっくりどうぞ」

女は安心したように表情を緩め、紅茶を口に含んだ。

ふたりはそそくさとオーダーの品を飲み干し、店を出ようとした。右京がレジに立つ。

「千百円になります」

男が金を払い、ふたりで店を出ていく。亘は右京と目配せを交わし、ふたりのあとを追おうとしたが、とんだ邪魔が入った。眼鏡の男性客が亘を呼び止めたのである。

「ねえ。コーヒーに髪の毛入ってたんだけど」

「すみません。でも、そんなはずは……」

「なに？　俺がクレームつけてるって言いたいの？」

「そういうつもりじゃないんですけど……」

亘が対応に苦慮している間に、瑞枝がレジにやってきて右京に訊いた。

「お会計は？」

「瑞枝さん、サービスですからお代は……」

「そんなの悪いわよ。はい。ご馳走さま」

瑞枝はレジカウンターに千円札を置いて、店を出ていった。亘がなんとか客をなだめて外に出たときには、男女の姿はすでになかった。彼らの乗ってきた車は倉庫の前に駐車されたままだった。

右京はふたりが使ったカップをこっそり回収した。

　その夜、角田が特命係の小部屋に駆け込んできた。

「杉下、素性が割れたぞ。顔認証と指紋から男は鷲尾（わしお）琢磨（たくま）、三十二歳。女は赤堀絵里（あかぼりえり）、三十歳だ。多田野が持ち帰ったストローから採取したＤＮＡも鷲尾のものと一致した」

「そうですか」右京がうなずく。

「車は倉庫から動いてない。奴らは必ず戻ってくる」

「今、喫茶店のほうは？」

「うちの若いのを送り込んだが、冠城もどうしても張り込みを続けさせてくれって聞かねえらしいんだ」

「なるほど」

　そこへ組織犯罪対策五課の刑事が現れた。

「課長！　鷲尾が……」

「見つかったか？」角田が勢い込んで訊く。

「それが、ビルから転落したようで……」

「なにっ⁉」

　角田は右京と顔を見合わせた。

三

右京と角田はすぐに現場に駆けつけた。とあるビルの非常階段の踊り場に鷲尾が倒れていた。

遺体を見下ろす右京と角田に、鑑識課の益子桑栄が階上を見上げながら説明した。

「頭蓋骨が陥没してる。あそこから転落して頭部を強く打ったようだ」

「なんで非常階段なんかに……」

角田がぼやいていると、捜査一課の伊丹憲一がやってきた。

「これはこれは、喫茶店の店長に商売替えなさったそうで」

伊丹の横には芹沢慶二の姿もあった。

「伊丹さん、芹沢さん、彼は我々の張り込み対象者です」

「もちろん存じてますよ」伊丹がにやりと笑う。「冠城亘が彼の尾行に失敗したことも」

芹沢も皮肉たっぷりに言った。

「あいつがしっかりつけてれば、鷲尾は死なずに済んだんじゃないんですかね」

「責任は感じています」

右京が忸怩(じくじ)たる思いを吐き出していると、角田のスマホの着信音が鳴った。角田はその場から離れて電話に出た。

伊丹が右京の前に出る。

「だったらなおさら、あとは我々が」

そこへ伊丹と芹沢の後輩である出雲麗音がやってきた。

「鷲尾は五階のレストランで女と食事をしていました。店を出たのが午後六時二十分です」

芹沢は麗音の顔が右京に向いているのが気に食わなかった。

「出雲！　誰に報告してんだよ」

「赤堀絵里」右京が名前を挙げた。「女というのは赤堀絵里ですね？」

「そうです。店内の防犯カメラにふたりが映ってました。ふたりが店に入ってから、出るところまで」

さらに麗音は、店を出るとき鷲尾はひとりでは歩けないほどふらついていて、絵里が肩を貸すようにして連れ帰ったと報告した。右京が興味を示す。

「店を出たとき、鷲尾は絵里に支えられていた？」

「はい」

「はいはい……警部殿はそこまで」

伊丹が右京と麗音の間に割り込んだとき、角田が電話を終えて戻ってきた。

「おい、金が消えた」

「はい？」

「倉庫の金がすべて持ち去られているらしい」

その頃、亘は金が消えた倉庫の中にいた。ソファが切り裂かれ、中の空洞が露わになっていた。おそらくそこに金が隠されていたと推察された。見回すと、高いところにある窓が開いたままになっていることに気づいた。

組織犯罪対策五課の刑事が倉庫の中に来て、亘に告げた。

「裏に脚立が。それもこれも赤堀絵里の仕業ですよ」


翌朝、特命係の小部屋で角田が右京に告げた。

「鷲尾琢磨は詐欺グループの中心人物だったようだ。今回のロマンス詐欺では夫役。三年前の架空請求詐欺では警察官役だ」

右京は捜査資料に目を通していた。右京が「原野商法特殊詐欺事件」と書かれた捜査ファイルに手を伸ばすのを、角田は見ていた。

「それは二年前の原野商法の資料だな。そのときは弁護士のふりをしていたらしい」

かつて捜査二課に在籍していた右京は詐欺の手口にも詳しかった。

「原野商法といえば、一九八〇年代に多発した詐欺の手口ですねえ。地方の価値のない山や原生林をレジャー施設ができるなどと嘘をついて高く売りつけるという」

「その二次被害がここ数年、増えてるんだ。弁護士や不動産業者になりすまして、過去に買わされた土地を高く買い取るとか言って、さらに別の土地を買わせている」

「当時被害に遭った皆さんはもうご高齢のはずですすねえ」

「中には老後の資金を全額持っていかれて自殺した人もいるよ。ったく……ひってえ話だよ」

角田がやりきれない気持ちをぶちまけている間も、右京は資料に目を走らせた。そして気になる被害者を見つけた。被害者の名は「大杉隆也（たかや）」で、購入した土地は「長野県奥諏訪郡」、被害金額は四百五十万円にのぼっていた。そしてその被害者は、事件の後、自殺していた。

と、右京のスマホが振動した。亘からの着信だった。

「杉下です」

――すみません、右京さん。

「どうしました？」

――鷲尾の転落現場周辺の防犯カメラ、しらみ潰しに当たってて、気になる映像が。鷲尾と絵里がレストランへ向かっているときの映像です。ふたりを尾行している人物がいましてね……。

右京はすでにその人物に心当たりがあった。

「それは大杉瑞枝さんではありませんか？」

——えっ、なんでそのことを？

「冠城くん。君、今どこにいますか？」


瑞枝は思いつめた表情で橋の上から下をのぞき込んでいた。川面までは十分な高さがある。ここから飛び降りれば、確実に死ねるはずだ。

瑞枝が覚悟を決めたとき、誰かに腕をつかまれた。

「間に合ってよかったです」

腕をつかんだのは〈ＴｅａＴｅａＴｅａ〉のバイトだった。紅茶の知識が豊富な店員も横にいた。ふたりとも今日はスーツ姿だった。

「あなたたち、どうして……」

戸惑う瑞枝に、右京が正体を明かした。

「我々、警察の者なんです」

「警察……」

「あなたが死を選ぶとすれば、ここしかないと思いましてね。ここから飛び降りたんですね、あなたの夫である大杉隆也さんは」

「あなた、気づいてたの？」

「あなたがお話をされた内容と、表情で。ただご主人が自殺されたことまでは……」

亘が話を継いだ。

「別荘があるとおっしゃっていた長野県奥諏訪。住所を調べてみたら、あの場所は水道も通っていない原生林でした。原野商法に騙（だま）されたんですね」

瑞枝が深くため息をつく。

「三十二年前、あの土地を買って別荘を建てれば、ふたりで老後を悠々自適に生活できる。そう言われて騙されて……。ようやく忘れかけてたのに、二年前に男がやってきて、当時詐欺で購入させられた土地を購入金額以上で下取りするという話を持ちかけてきたの。そのために手続きが必要だとか言われて、またまんまと騙されて、老後のお金持っていかれて。それを悔やんで夫はここから……。全部あいつのせいよ」

「あいつというのは、鷲尾琢磨のことですか？」

亘が口にした名前は、瑞枝には意味がなかった。

「名前なんて知らない。ただあの顔だけは一日だって忘れたことはなかった。夫が自殺したあと、もう生きる気力もなくなってた。でも半年前、偶然あいつをあの喫茶店の向かいの倉庫の前で見かけたの。夫を追い込んで、私たちの人生をめちゃくちゃにしたあいつを、この手で殺そうと思った。でも、そのときは逃げられた。いつかまたここに来るはず。そのときこそ絶対……。そう思って、喫茶店で倉庫をずっと見張ってた」

亘が瑞枝を労るように言った。

「だからいつも窓際に」

「そしてあの日、目の前に鷲尾が現れ、あなたは尾行をした」

右京に促され、瑞枝が自供を続けた。

「つけられてるなんて思ってもいなかったんでしょ。全然警戒してなかった。あいつがレストランから出てきたところを襲ってやろうって。そしたら、あいつはふらふらで、女の肩を借りて非常階段の方へ歩いていった。しばらくしたら女だけ戻ってきたので、非常階段に行ってみたら、あいつが背中を向けて階段に座ってた。今だと思った。思いっきり突き飛ばしてやった」

「本当ですか？　本当にあなたが突き飛ばしたんですか？」

亘は信じられない思いだったが、瑞枝は晴れ晴れとした表情になっていた。

「そうよ。やっと夫の仇が討てた」

その夜、特命係の小部屋で角田は苦い顔をしていた。

「まさか七十の女が犯人とはな」

右京は鷲尾の解剖鑑定書を読んでいた。

「取り調べは進んでいますか？」

「鷲尾の着衣には大杉瑞枝の指紋が付着していた。強い動機もあるし、本人も殺害を認めている。確定だろ」

「確定でしょうねえ。背中を押したことだけは」

右京の思わせぶりな言い方に、角田が反応する。

「背中を押したことだけ？　いや殺したってことだろ」

そこへ亘が戻ってきた。

「右京さん、出ました」

「やはり出ましたか」

ふたりの会話がわからず角田が焦れる。

「出たってなにが？」

亘が答えた。

「鷲尾の体内からテトロドトキシンが検出されました」

「テトロドトキシンってフグの毒か。なんで今頃？」

「ご存じのとおり、司法解剖の際、薬毒物のスクリーニング検査をおこないます。ですが、テトロドトキシンのような特殊な毒物はよっぽど特殊な遺体じゃない限り、調べないことがあるんです」

「いや、それはそうなんだが……」

まだ話が見えてこないようすの角田に、右京が説明する。

「現場で遺体を見たときから気になっていました。階段から転落して頭を強打したわりには出血量が少なかった。つまり生活反応がなかったのではないかと。それと同様のことがこの解剖鑑定書にも書かれています」

「それで再検査を」

亘のひと言で、角田もようやく気づいた。

「じゃあ、まさか」

右京が先に結論を述べた。

「鷲尾琢磨は、瑞枝さんが突き飛ばす前にすでにテトロドトキシンによって死亡していた」

角田はまだ全貌がつかめていなかった。

「その毒は誰が飲ませたんだよ？」

「赤堀絵里でしょう。おそらくレストランで食事中に、飲み物か食べ物に混入したんですよ」

翌朝、とある埠頭で赤堀絵里の遺体が揚がった。引き揚げた遺体のポケットには遺書と書かれた封筒が入っていた。

しかし、右京と亘は騙されなかった。

「死因は溺死ではないようですね」

亘の言葉に、右京がうなずく。

「赤堀絵里もまた鷲尾同様、テトロドトキシンを飲まされ、殺害されたのでしょう」

亘は遺書の内容を頭に入れていた。

「おそらく。鷲尾と金の分け前を巡って揉めたので殺した、もう逃げきれないので自殺する、と書かれた遺書も偽物」

「金は？」

「すべて東京湾に投げ捨てたと」

「なるほど。なにもかも都合がよすぎますねえ」右京は都合のよすぎる偶然を信じなかった。「そもそも我々が張り込みをしているところに、都合よく鷲尾と絵里が現れた」

亘も思い当たることがあった。

「そしてDNAを採取したいという我々の希望どおり、鷲尾はコーヒーを飲んだ」

「それだけではありません。鷲尾たちが出ていったあと、尾行をしようとした冠城くんが邪魔をされた」

「あれもそうだったんですね」

「あまりにもタイミングがよすぎます。そして偶然その場にいた鷲尾に恨みを持つ瑞枝さんがふたりの尾行にあっさり成功し、非常階段に座っていた鷲尾を見つけ、突き落とした」

「しかし瑞枝さんが犯人でないことはいずれわかること。すると今度は赤堀絵里が自殺」

亘が締めくくると、右京の瞳に闘志の炎が宿った。

「つまり、すべては真犯人によって仕組まれていたということですよ」

四

「こんにちは」

右京と亘が〈Ｔｅａ Ｔｅａ Ｔｅａ〉を訪れたとき、真鍋弘明は帳簿類を段ボール箱にしまっていた。カウンターには白い布が被せてあった。

「あれ？　刑事さんたち、どうしたんですか？　もう張り込みは終わったんですよね？」

「ええ。真鍋さんのおかげで無事解決しました。ご協力ありがとうございました」

右京が頭を下げると、亘が訊いた。

「お店、閉めるんですか？」

「ええ。どうも私は客商売に向いてないみたいで。もう店も畳んでのんびりします。で、今日はなにか？」

右京が一歩前に出た。

「申し訳ありません。忘れ物をしておりまして」

「忘れ物？」

「ええ。記録用のボイスレコーダーを隠してあったんですけども、それを回収するのをうっかり忘れてて」

「ボイスレコーダー？」

「冠城くん、どこに仕込んだんです？」

「あれ？　どこでしたっけね」

亘が店内を探しはじめると、真鍋が申し出た。

「私も手伝いましょう」

「まったく……どうして隠した場所を忘れるのでしょうねえ」

右京に小言を言われ、亘が謝った。

「すみません」

「どの辺りか覚えてないんですか？」

真鍋が訊くと、亘が手を叩いた。

「あっ、思い出しました。今、真鍋さんがいる観葉植物の裏」

真鍋はしゃがみ、観葉植物の鉢の裏側に手を差し込んでまさぐった。

「なにもないじゃないですか」

「どうしたんです、真鍋さん？　そんなに焦って」

「なにか聞かれてはまずい音声でも入っているんですかねえ」

右京のひと言で、真鍋の表情が硬くなった。

「なるほどね。警察官ってのはまったく人が悪い」

「はい？」

「ないんでしょ？　ボイスレコーダーなんて」

「ええ」右京がすぐに認めた。「あなたを試してみました」

「なんでそんなこと」

「僕は最初からあなたに違和感を抱いていたんですよ。今季のダージリンのセカンドフラッシュの感想を聞いたとき、あなたはイマイチだとおっしゃった。しかし、今季のセカンドフラッシュはなめらかで深みがあって、非常に出来がよかったんです。紅茶好きならば、当然知っているはずです」

「もちろん知ってましたよ」真鍋が虚勢を張る。「でも味覚なんて人それぞれ……」

右京がふいに右手の人差し指を立て、真鍋の発言を遮った。

「もうひとつ、細かいことが。僕がゴールデンチップスの茶葉を持ってきても、あなたはまったく気づきませんでしたが、瑞枝さんはすぐに気づきました、あれが最高級の茶葉であることに。それで思ったんです。喫茶店を開くことはあなたの夢でもなんでもなく、本当は別の目的があったのではないかと」

真鍋は呆気なく認めた。

「なんだ、バレちゃいましたか」

「バレた？」亘が訊き返す。

「はい。実は私、紅茶好きでもなんでもない。元々ここが紅茶専門店で、設備も買い替える必要がないし、なんかかっこいいんで、紅茶好きのふりをしちゃいました。お恥ずかしい。もういいですか？」

「たいしたものです。ねえ冠城くん」

右京が感心すると、亘も同調した。

「ええ。この状況で動揺することもなく平然と嘘をつける。さすが詐欺師を長い間やっているだけありますね」

「詐欺師って……またひどいこと言うなあ」

亘が二枚の書類を取り出して広げた。

「これを見ていただけませんか。これは真鍋弘明さん、あなたが署名した張り込みの同意書。こちらは三十二年前、瑞枝さんの旦那さん、大杉隆也さんが交わした土地の売買契約書。不動産仲介人の箇所に、高橋明雄という署名があります。どちらの名前にも『明』

という字が入っています。そしてこの『月』の部分のはね方。筆跡鑑定の結果、同一人物が書いたことが判明しました。これ、あなたの署名ですよね？」

どちらも癖のある書き方で、素人が見ても同じ人物の筆跡だろうと想像がついた。右京が一気に攻め込む。

「あなたは三十二年以上前から詐欺をおこなっていた。殺された鷲尾琢磨や赤堀絵里が生まれるずっと前から。あなたが今回の詐欺グループの隠れたリーダーですね？　メンバーの前にはいっさい姿を現さず、メールですべて指示を出していた。そして金の隠し場所である倉庫でなにか事が起きないよう、この喫茶店から監視していた」

黙り込む真鍋の目の前に、右京が右手の人差し指と中指を立てた。

「ただ予想外のことがふたつ起きた。ひとつは自分が騙した被害者の家族、大杉瑞枝さんが店の常連になったこと」

亘が右京の推理を受け継いだ。

「そしてもうひとつは、我々が張り込みに使わせてほしいと頼んできたこと。でもあなたはそれすら利用した。鷲尾を犠牲にすることで。あの日、あなたは鷲尾に強い恨みを抱いている瑞枝さんがいるときを狙って、あえて鷲尾と絵里を店に入らせた。おそらく店の店員が怪しい、探ってみろとでも指示したのでしょう。一方で鷲尾のＤＮＡを残させる目的もあった。瑞枝さんが尾行することも想定していたはず。そして絵里に命じて、レストランで鷲尾に毒を飲ませ、非常階段へ運ばせた。この時点ですでに鷲尾は死んでいた。ただうまくいけば、瑞枝さんが突き飛ばすかもしれないという計算があった。その混乱に乗じてあなたは倉庫の窓から侵入し、隠してあった金を運び出した。そして仕上げに赤堀絵里に毒を飲ませ、自殺に見せかけて殺害し、すべての罪を彼女に押しつけようとした」

真鍋がようやく反論を開始した。

「ちょっと待ってください。毒ってなんのことですか？　私が飲ませた証拠でもあるっていうんですか？」

右京がポケットから証拠品袋を取り出して掲げた。中には茶色くなった葉の破片が入っていた。

「これ、なんだかわかりますか？」

「さあ……」

「これは、細かく砕いた紅茶の茶葉です」

「また紅茶ですか。だから好きでもなんでもないって」

「ならば教えて差し上げましょう。このような状態の茶葉をファニングスといいます。ちなみに銘柄はダージリン、キーマン、ラプサンスーチョン。僕がブレンドしたものです」

「だからなんなんです？」

苛立ちを露わにする真鍋に、右京がじわじわと迫る。

「覚えていませんか？　あなたの水筒に僕がブレンドして淹れた紅茶を満たして、渡したことを。これとまったく同じ茶葉が赤堀絵里の胃の中から見つかりました。赤堀絵里を港に呼び出して毒を飲ませるとき、あの紅茶に混ぜたのではありませんか？　まさか僕の淹れた紅茶が殺人に利用されるとは思ってもいませんでしたがね」

完全に追い詰められた真鍋は開き直り、薄い笑みを浮かべた。

「あなたたち、本当に人が悪いなあ。しかし驚いた。三十年以上、人を騙してきましたけど、私以上に頭が回る人たちに初めて会った。見逃してもらえませんか？　金のありかを教えますよ。三億、いや四億ぐらいあったんじゃないかなあ」

「いい加減になさい！」右京が真鍋を怒鳴りつけた。「人の心につけこんで、お金を奪うことだけでなく、その人たちばかりか家族のささやかな夢や命まで奪うことがどれほど罪深いことか、わかりませんか！」

亘も声を荒らげた。

「これまでも自分が捕まりそうになるたびに、配下の人間に責任を押しつけ、切り捨てて逃れてきたんだろ？」

「しかし、もう逃がしません」

右京が真鍋を睨みつけた。

後日、亘が瑞枝をエスコートしてオープンカフェに現れた。そこには右京が待っていた。お辞儀をして迎える右京に、瑞枝が言った。

「なんで私をこんなところに？」

「今日は紅茶をゆっくり味わっていただきたいと思いまして」

亘が椅子を引き、瑞枝が腰を下ろした。右京は立ったままテーブルの上に置かれたティーポットの保温カバーを外し、カップに紅茶を注いだ。

「ゴールデンチップスです」

瑞枝がカップを口に運んだ。とたんに頬が緩む。

「……おいしい。最高の味ね」

「ありがとうございます」

「あいつ、罪は認めたの？」

瑞枝がカップを置いた。

「ええ」と亘。「まだすべてではないでしょうが」

「……そう。なんで捕まえちゃったの？　私が殺したかったのに」

不穏な言葉を口にする瑞枝を、右京が諭す。

「お気持ちはわかります。ですが、もう復讐にとらわれてはいけません。あなたはこれからもご主人の分まで生きなくてはならないのですから」

「これからもって、老い先短いのよ。生きててもなんの楽しみもないじゃない」

右京が瑞枝の前の椅子に座った。

「どうでしょう。僕とお茶飲み友達になるというのは」

「お茶飲み友達？」

亘も着席して言い添える。

「右京さんと同じぐらい紅茶の知識のある人、なかなかいませんからね」

「ええ。ぜひ紅茶について、いろいろお話を」

瑞枝がくすりと笑った。

「しょうがないわね。でもただの友達よ。私が生涯で愛したのは夫だけですから」

「ええもちろん。その辺りはご心配なく」右京は微笑み、瑞枝に紅茶を勧めた。「どうぞ」

「はい」

「我々も飲みましょうか」

右京がティーポットを手に取った。

「第九話」
二人

一

年の瀬も押し迫ったその夜、警視庁特命係の杉下右京と冠城亘は珍しく、都心の高級フレンチレストランにいた。

「いやあ、おいしい！　とってもおいしいです」

亘が必要以上におおげさに声を張り上げたのは、招待してくれた警察庁長官官房付の甲斐峯秋に気を遣ったためだった。それにもかかわらず当の峯秋は相変わらず不機嫌だった。

「当たり前じゃないか。私が会員の店なんだからね」

「あっ、すみません」

「別にね、仕事納めの日だからといって〈こてまり〉じゃなきゃいけないってことはないんだよ。店はたくさんあるんだからね」

「おっしゃるとおりです。少し予約するのが遅かっただけです」

右京の言うとおり、峯秋がなじみの料理屋〈こてまり〉に電話すると、女将の小手鞠こと小出茉梨はこう返してきたのだった。

――早いお時間はもうご予約のお客さまでいっぱいなんですよ。ええ、ごめんなさい。

年の瀬って慌ただしいですね。

開店に際して物件の紹介までした峯秋としては、女将に冷たくあしらわれたことが少々気に食わなかったのである。

「商売繁盛、実に喜ばしいじゃないか。何度も言うようだけどね、贔屓にしているからって、特別扱いしてもらいたいわけじゃないんだよ！」

「ええ、何度もうかがいました」と、右京が曖昧な笑みで応じた。

「まあまあ、そんなプンプンしないでください」

亘のひと言が、峯秋の癇に障った。

「失礼だね。私はプンプンなんかしてないよ！」

右京が亘に耳打ちする。

「君、プンプンしてる人に、プンプンしてると言ったら、余計にプンプンするだけですよ」

「僕が迂闊でした……」

ふたりのやりとりを峯秋が気にした。

「なにをコソコソ話してるんだ？」

「いえいえ……」

右京が言葉を濁したとき、スマホが振動した。右京はスマホの画面を一瞥すると、「小手鞠さんからです。失礼」と席を立ち、電話に出るために廊下へ移動した。

「……ええ、それは助かりました。それでは」

電話を終えて席に戻る途中、右京は見覚えのある人物とすれ違った。代議士の袴田茂昭である。政界の大物の背中を目で追っていると、袴田は個室へ入っていった。

室内にいた初老の男が立ち上がってお辞儀をした。

「先生、ご無沙汰いたしております」

「藤原さん、いつもすみませんね」

袴田が笑顔で返している。

テーブルに三人分のサービスプレートが置かれていることを、右京は一瞬のうちに見てとった。

右京が自分のテーブルに戻ると、亘がすぐに「小手鞠さん、なんて言ってました？」と訊いてきた。しばし峯秋とふたりだけになり、間が持てなかったようである。

「もう少ししたらお席がご用意できますから、ぜひいらしてくださいとのことでした」

「えっ？　そりゃ困ったねえ」

言葉とは裏腹に、峯秋の頬は綻んでいた。

「ご心配なく。VIP御用達の店で時間を潰していたと我々からちゃんと小手鞠さんにお伝えしますから」

峯秋は愉快そうに、「なにを言ってるんだ」と言いながら、肉料理をナイフで切り分けた。

「VIP、来てるんですか?」亘が訊く。

「先ほど個室のほうに、経友連事務総長の藤原信宏氏と与党政調会長の袴田茂昭代議士が」

峯秋が肉を口に運びながら言った。

「袴田代議士といえば先日、超党派の議員で〈子供の貧困をなくす会〉を立ち上げたばかりだね」

亘も遠慮なく、肉を頰張った。

「お連れが経友連の事務総長ということは、財界から援助を引き出すつもりですかね?」

「まあなんにせよ、子供たちのためなら頑張ってほしいね」

右京はちらりと見えた個室のテーブルのようすが気になっていた。

「サービスプレートが三枚置いてありましたから、お食事にはもうひとりいらっしゃるご予定のようですねえ」

その頃、内閣情報調査室では新しく内閣情報官に就任した社美彌子がデスクの上の五枚のコインを眺めていた。そのうちの三枚を裏返しながら、内閣情報官補佐の石川大輔に話しかけた。

「最初から人数は五人と決まっている。だから三人を押さえてしまえば決まり。そう考えてるんでしょうね」

「官邸のほうは、この件に関してもう触れるなと……」

進言する石川に、美彌子は謎めいた微笑(ほほえ)みで応じた。

「石川くん。起こっているできごとを知らないでいる人間と、知っていて黙っている人間とでは、どちらが価値があると思う？」


同じ頃、〈こがらし公園〉の一角をひとりの老紳士が急ぎ足で歩いていた。結城宏(ゆうきひろし)というスーツ姿の男がその老紳士を追っていた。

「待ってくださいよ！　少し落ち着いて話しませんか？　ねえ、ちょっと待ってくださいって！」

結城に腕をつかまれ、老紳士が振り払った。「この手はなんだ？　聞いとらんのだよ、そんな話は！」

「ちょっと待ってって！」

結城は老紳士が腕に抱えたコートをつかんで引き留めようとした。

「なにをするんだ、放せ！」

「絶対放しません！」

「放せと言ってるんだ！」

老紳士が強く引くと、結城の手からコートがするりと抜けた。その勢いでバランスを崩した老紳士は、ベンチの角に後頭部を強くぶつけ、そのまま動かなくなってしまった。

結城は動揺しながらも一計を案じ、老紳士をベンチの上に横たえると、上からコートを掛けた。

そしてスマホを取り出し、電話をかけた。

「もしもし、結城ですが……」

早瀬新(はやせあらた)と峰岸聡(みねぎしさとし)は共に小学校六年生で、友達だった。

その日、聡は塾に行くはずだったが、新と別れるのが嫌で、夜遅くまで一緒に遊んでいたのだった。

寒い夜だったが、新は薄っぺらなジャンパーを一枚羽織っただけだった。

「聡さ、明日は塾、ちゃんと行ったほうがいいぜ。バレたらまたおばさん怒り炸裂(さくれつ)だぜ」

一方、聡のほうは厚手のコートを着ていた。

「新も一緒なら塾、行ってもいいけど」

「だから何度も言ってるだろ、それは無理だって」そう言いながらポケットに手を突っ込んだ新が声を上げた。

「あっ！」

「どうしたの？」

「スマホがない！」

「えっ⁉」

「マジやばい！」新の顔は真っ青だった。「どこで落としたんだろ？」

「きっと昼間遊んだ〈こがらし公園〉だよ」

「聡のスマホさ、端末捜索アプリ入れてる？」

「うん」

聡が自分のスマホのアプリに新のアカウントとパスワードを入れた。

「行こう」

ふたりは全速力で来た道を駆け戻った。

〈こがらし公園〉は広かった。昼間遊んだ場所に見当をつけて歩いていったが、落ち葉が積もっており、それを足で払いながらスマホを捜すのはそう簡単ではなかった。

聡がスマホのアプリを見ながら言った。

「もう少し先みたい」

と、そこへ警備員の制服を着た男がやってきた。

「こらっ！　暗くなって遊ぶところじゃないぞ。子供は早く帰りなさい」

ふたりは警備員から逃げ、ふたてに分かれて新のスマホを捜すことにした。

聡は遊歩道に近いほうを担当した。ベンチが見える場所まで行くと、背広姿のふたりの男がなにやら口論をしていた。風にかき消されて声はほとんど聞き取れないが、穏やかではなさそうな雰囲気だった。聡は少し離れた場所から、ふたりを動画で撮影した。

すると若いほうの男が、撮影されていることに気づいた。

「おい、なに撮ってるんだ⁉」

男がこちらへ向かってくるのを見て、聡は慌てて逃げ出した。しかし、走力に関しては男のほうに軍配が上がった。ふたりの差はみるみる縮まった。そのとき新が現れ、聡を遊具の陰へと引っ張りこんだ。

追ってきた男は獲物を見失い、立ち止まってキョロキョロと辺りを見渡した。そのときだしぬけに、スマホの着信音が鳴った。その音は男のすぐ近くの地面から聞こえた。新が落としたスマホが鳴っていたのだ。

聡をここまで追ってきた男は結城だった。結城がスマホを拾い上げた。ディスプレイに「おばあちゃん」の文字と電話番号、それに顔写真が表示されていた。新の祖母、早瀬君枝（きみえ）がよりによってこのタイミングで電話してきたのだ。

結城は自分のスマホで、新のスマホの画面を撮影し、電話を受けた。

──新かい？　ばあちゃんだよ。すまないけど、明日みかんと一緒にお茶のティーバッグも買ってきてくれるかい？　新？　聞こえてるの？　ばあちゃんだよ。

結城は電話を切り、そのまま電源を落とすと、新のスマホをポケットに入れて、ベンチのほうへ戻っていった。

遠藤佑人（えんどうゆうと）はしがないシステムエンジニアだったが、新にとっては頼りになるパソコンの専門家だった。

スマホを取り戻すためには、持ち去った男の正体を知る必要がある。うまい具合に聡が男が別の男と言い争っているところを動画に撮っていたので、そのデータの入ったSDカードを遠藤のアパートへ持ち込んだ。

新のノックに応えて部屋のドアを開けた遠藤は右の手首に「∞（無限大）」のタトゥーを入れていた。その手にカップラーメンの容器を持っている。どうやら粗末な夕食の途中だったようだ。

「おお、新」

遠藤とともにドア口に現れた子猫のルルが「ニャー」と新を出迎えた。

「どうも、マメさん……」

新は遠藤のことをマメさんと呼んでいた。「エンドウマメ」ということだ。

「どうしたんだ、入れよ」

遠藤は新から事情を聞き、カードリーダーにSDカードを入れて、動画を再生した。

聡が撮った動画は手振れがひどく、男がふたりで口論をしていることはわかったが、暗いこともあって容貌や年齢などは判然としなかった。

「こいつらが新のスマホを持っていったってわけか」

「うん」

「なんか穏やかそうじゃないね。しっかし、聡はなんでもかんでも動画に撮りたがるくせに全然うまくならない。っていうか下手だよなあ！」

新が真剣な表情になる。

「マメさん、俺のスマホ、大事な写真がたくさん入ってるんだ」

「ああ。学校の先生にも、新のばあちゃんにも、聡のお母さんにも見せられないやつな」

しょげ返ってうなずく新に、遠藤が言った。

「大丈夫だよ！　新のスマホ、すげえ長いパスワードと指紋認証かけてあるんだから、誰も開けられないって！」

「マメさん、こいつらが誰か突き止めてくれない？」

「うーん」遠藤が眉を顰（ひそ）める。「顔は駄目だなあ。でも音声はなんとかなるかも？　ま、やれるだけやってみるわ」

「マメさん、よろしくね！」

「おう！」

遠藤は気安く請け合い、新が帰った後、音声の解析を開始した。


小一時間後、遠藤は早瀬新の自宅の固定電話に電話をかけた。しかし、誰も出ずに留守番電話に切り替わったので、メッセージを吹き込んだ。

「マメだけど。新、ばあちゃんが入院して、クリスマスプレゼントなかったろ？　俺が新のスマホ取り返して、新しいスケボー買ってやるから、楽しみにしてな」

電話を切った遠藤は、ルルに「留守番頼むぞ」と言い残し、部屋を出ていった。

二

翌朝、警視庁の特命係の部屋には、右京と亘の他に、組織犯罪対策五課長の角田六郎とサイバーセキュリティ対策本部の特別捜査官、青木年男の姿があった。四人はデスクを囲んで、トランプでババ抜きをしていた。

角田が右京の手札から一枚カードを引いた。

「しかしまあ、そろいもそろって年末年始の当番勤務に当たっちまうとはなあ」

そのとき亘のスマホの着信音が鳴ったが、亘はディスプレイを一瞥するなり電話を切って、マナーモードにしてデスクに置いた。

青木が角田の手札から一枚引いた。

「新年を迎える喜び、感じない感じない。日常以下の……」

青木の言葉を遮るかのように、亘のスマホが振動し、デスクがカタカタと音を立てた。

亘はスマホを取り上げ、通話を切ってスマホを上着の内ポケットにしまうと、なにごともなかったかのように、青木の手札から一枚引いた。

「内村刑事部長も正義のために登庁しているそう……」

亘の手札から一枚抜いた右京の言葉を遮って、またしても亘のスマホが振動した。三人の視線を浴びながら、亘が通話を切る。

「中園参事官が泣きながら付き合ってるようです」

青木が亘のスマホに注目しながら言ったとき、特命係の小部屋の固定電話が大きな音で鳴った。

すぐさま亘が手を伸ばし、受話器を取った。

「はい特命……。はい。はい……。ええ……」

青木が立ち上がり、受話器のそばで聞き耳を立てる。

「女性の声です。しかもきれい系の。この親密さだとフィアンセだったりして」

亘は受話器を戻すと、右京の前に立ち、頭を下げた。

「右京さん、折り入って紹介したい人がいます」

「……はい」右京が戸惑いながらうなずいた。

亘に案内されながら、右京は珍しくそわそわしていた。

「これからお会いするのがどういう方なのか、その辺りをなんとなくでも、こう、サラッと」

「ですから、それは本人に確認していただければ……」亘が前方の建物を指す。そこは小さな教会だった。「ありましたありました！　あちらです」

教会の中に入ると、美しい女性がふたりを迎えた。年齢は亘よりも少し上に見えた。

「杉下右京さんですね？　わーくんがいつもお世話になっております」

「わーくん」右京が亘を横目でチラリと見る。

「はじめまして。冠城由梨と申します。わーくんの姉です」

右京が意表を衝かれた顔になった。

「あ、お姉さま？」

「ピアノ教師をしながら、この教会でボランティアをしてるんですけど……。わーくん、話してなかったの？」

亘が小声で由梨をたしなめた。

「いや、そういうプライベートなことは。それから年齢的にも、わーくんはやめてください」

「昔からちょっと照れ屋さんなんです」

「そうですか、そうですか」

右京が愉快そうにうなずくと、亘が由梨を促した。

「姉さん、早く本題」

「ああ、今日は折り入ってお願いがありまして」

「お願い、といいますと？」

「湊健雄さんをおうちに帰して差し上げたいんです」

湊健雄は別室でざるそばを啜っていた。黒縁眼鏡を掛け、古着のジャンパーを着ていたが、前夜、結城宏と揉み合っているうちにバランスを崩して頭を強打し、ベンチに寝かされた老紳士に違いなかった。それが証拠に頭に包帯を巻いている。結城は老紳士を殺してしまったと思ったようだが、実際には生きていたのだ。

首を傾げながらざるそばを口に運ぶ初老の男を、右京がガラス越しに眺めた。

「あの方が湊健雄さんですか？」

「ええ」由梨がうなずいた。「昨晩遅くにいらして。牧師さまと相談して、泊まっていただいて、今朝、病院で診てもらったんですけど、脳振盪の衝撃による逆行性健忘とかで」

「いわゆる記憶喪失ですねえ」

「ええ。覚えているのは湊健雄というお名前だけで……」

「行方不明者届は？」亘が姉に訊いた。

「さっき一緒に交番に行ってみたんだけど……」

そのとき六十年配のひとりの男が「お疲れさまでした！」と笑顔で入ってきた。

「あっ、福ちゃん！」と由梨。「こちら、警視庁の杉下右京さんと弟のわーくん。湊さんのことで来ていただいたの」

「どうもどうも、福田です。そうですか、警視庁の」名乗りながら、頭をぺこぺこ下げ、湊に視線をやった。「いやね、私も一緒に交番に行ったんですけどね。お巡りさんが『湊健雄という方の行方不明者届は出てませんね』って言ったら、怒るんですよ、あの人。『君！　きちんと調べたまえ！』とかってね」

右京は湊の言葉遣いを気にした。

「たまえ、ですか？」

「ええ。なんていうんですかね、自分が重要な人物だと信じて疑わない高齢男性っていうあれみたいですね」

亘が福ちゃんこと福田浩介に同調した。

「ああ、いますよね、そういう人」

由梨が説明を続けた。

「お昼はどうしてもおそばを食べたいとおっしゃるので、出前を」

と、湊がそば猪口と箸を置いて立ち上がり、こちらへ歩いてきた。ドアを開けたところで四人もの人間が自分を見ていたことを気にするでもなく、「ぬるいんだよ、そば湯が」と文句を言って通り過ぎていく。そのまま中庭に出て、ベンチに座った。

「誰に言ってるんでしょうねえ?」

右京の質問に、亘が答える。

「なにかになりきってるんじゃないですか?」

「あのいでたちから想像すると……」

右京はお得意の推理力を発揮しようとしたが、由梨に機先を制された。

「すみません。あれは教会で差し上げた服なんです。眼鏡も前の牧師さまのもので」

「ああ……」

由梨は湊が穿いていたスラックスを持ってきて、右京に見せた。

「これなんですけど。シャツとネクタイは汚れがひどかったので処分したんですけど、これは洗えばまた穿けるかと思って」

泥で汚れてはいたが、カシミヤ百パーセントのタグのついた仕立てのよいスラックスだった。右京はベンチに座る湊の白いズック靴に目をやった。

「上質なツイードですねえ。靴も教会のほうで?」

「いえ、靴は最初からあれを履かれていました」

「オーダーメイドのスラックスに古いズック靴。これはまた随分とアンバランスな組み合わせですね」

右京は中庭の湊のほうへ近づきながら、疑問を呈した。福田が先に湊に駆け寄った。

「湊さん、あちら警察の方なんだけどね。名前以外になんか覚えてること、ないですか?」

「ない」

即答する湊に、右京が重ねて訊いた。

「どんなことでも構わないんですよ。お店とかなにかの看板とか」

湊は頭を抱えて考え込み、絞り出すように、「デイリー……ハピ……。〈デイリーハピネス〉」と呟いた。

「〈デイリーハピネス〉って言いましたよ」

福田が取り次ぐまでもなく、亘にも聞こえていた。

「ええ、〈デイリーハピネス〉」

「よりによって〈デイリーハピネス〉なんて」

「〈デイリーハピネス〉……これは困りましたねえ」

由梨も途方に暮れた顔になった。亘が由梨に質問した。

「姉さん、湊さんはどうやってここに？」

「最初は子供たちが知らせに来てくれたの」

「子供たち？」右京が興味を示した。

その子供たち、早瀬新と峰岸聡は教会へ向かっているところだった。

「これ」

新がSDカードを聡に返す。聡は「ありがとう」と受け取って、スマホのスロットに挿し込んだ。

「マメさんが動画は消しておいたって」

「なんで？」

「なんか穏やかそうじゃないからって」

「ふーん……。で、マメさんなんて？」

「なんか留守電ででっかいこと言ってたけど、大丈夫かな？」

右京と亘が教会から出たとき、ちょうど新と聡が通りをやってきた。聡が声を上げた。

「ええっ、スケボー買ってもらえるの？　すごいじゃん！　いいなあ」

「でもなんかなあ……」

話に夢中で特命係のふたりに気づいていない少年たちに、右京が屈み込んで話しかける。

「失礼ですが、新くんと聡くんではありませんか？」

新がとたんに警戒するような顔になり、聡を庇うように前に出た。

「あんたたち、誰？」

右京が警察手帳を取り出して掲げた。

「警視庁特命係の杉下です」

「冠城です」亘も腰を折った。

新が右京の警察手帳をつぶさに検めた。

「警察手帳なんてレプリカならネットで買えるし、特命係なんて聞いたことない」

「少し地味な部署ですが一応、国家公務員なんですよ」

「聡、スマホ」新はスマホを借りて、素早くなにかを検索した。「じゃあ、国家公務員法九十六条を言ってみて」

「すべて職員は、国民全体の奉仕者として、公共の利益のために勤務し、且つ、職務の遂行に当っては、全力を挙げてこれに専念……」

すらすらと諳んじる右京を、新が途中で遮った。

「もういい」

「あっ、ちなみに俺は冠城由梨の弟」

亘は自己紹介したが、新は「会ったことねえし」とすげなく言った。

聡の緊張はまだ解けていなかった。

「あの、僕たちになにか用ですか？」

「君たちが昨晩、湊健雄さんを見つけたときのことを話してもらえますか？」

右京に丁寧に尋ねられ、聡が新に目配せをしてから、話しはじめた。

「家に帰ろうとしてたら、あのおじいさんが公園に座り込んでて……」

新は酔っ払いに違いないので関わらないほうがいいと言ったが、聡は心配になって「大丈夫ですか？」と声をかけた。すると突然、おじいさんが「ここはどこだね⁉」と詰問するような口ぶりで迫ってきた。

そこへ酔っ払っていい気分らしい福ちゃんが演歌を口ずさみながら通りかかった。少年たちが助けを求めると、福ちゃんは教会から由梨さんとマメさんを呼んでくるように命じた。

由梨さんとマメさんはそのとき教会で炊き出しのボランティアをおこなっていた。少年たちは事情を話し、急いで由梨さんとマメさんのふたりを福ちゃんとおじいさんの待つ公園に連れてきたのだった。

「……あのおじいさん、泥だらけで頭に怪我してたし、なにか怖い体験をして記憶をなくしちゃったのかも」

聡の話はそれなりに整理され、おおかたは理解できたが、いきなり出てきたマメさんが誰なのか、亘にわかるはずもなかった。

「で、そのマメさんって？」

「遠藤佑人さん。教会のボランティアを助けたり、たまに助けられたりしてる人。いい人だよ」

新が説明すると、聡が右手首を見せて補足した。

「システムエンジニアでね。ここんとこに無限大のタトゥーとかしてるの」

「なるほど、そうですか」右京は納得したようだった。「ちなみに湊さんに会うまで、君たちはなにをしていたのですか？」

顔を伏せて口ごもる聡に代わって、新が答えた。

「聡は塾に行ってその帰りで、俺はコンビニに行く途中で、たまたま会って」

「うん、そう」

聡が大きくうなずいたとき、聡の母親の峰岸瑛子が通りかかった。

「聡？」

「あっ、お母さん」

「じゃあな！」

新が逃げるように立ち去ると、聡は母親のもとへ駆け寄った。

「お母さん」

「なに、あの人たち？」

「関係ないから大丈夫だよ」

亘はなぜ新が慌てて去っていったのかが気になった。

その後、右京と亘は〈こがらし公園〉に行ってみた。冬枯れの公園には木漏れ日が射していた。

落ち葉を踏みしめて歩きながら、亘が灌木の茂みに目をやった。

「湊さんの服が泥だらけだったのは、記憶を失った状態で藪の中を闇雲に歩き回ってたせいじゃないですか？」

「昨晩、この〈こがらし公園〉で湊さんの身になにかが起こった」

「それも聡くんの言ってたような、なにか恐ろしいできごとが」

右京が推理を巡らせる。

「仮にそうであったとすれば、この公園に来た時点では、湊さんはあの仕立てのよいスラックスに見合ったものを身につけていた可能性が高い。たとえば高価な腕時計やカフスボタン、上着やコートも」

亘も右京の考えを理解した。

「年の瀬っていうのは、ツケの支払いやなにかで物入りですからね。今も昔も物騒な事件が多い」

「ええ。こういうときはあの方ですね」

ということで、右京は角田に電話をかけた。通話をスピーカーに切り換える。

——えっ？　俺が故買屋を当たるの？

「ええ。今お話ししたような品々を昨晩以降、まとめて売りに来た者はいないか。課長ほどの方になられると、そちら方面にも顔が利くのではと」

——まあ、利くけどね。

「ああそうですか。それでは」

——ちょっと待て。その記憶喪失の老人の名前、もう一回言ってくれ。

答えたのは亘だった。

「湊健雄さんです」

──その名前、どこかで聞いた覚えがあるんだよな。

「ひょっとしてご近所さんとか？」

──いや、仕事のにおいがする。

「課長は会ってないからわからないと思いますけど、あの老人、どう考えても暴力団とか覚醒剤とか拳銃とか、そういう関係とは別世界の住人だと思いますけどね」

──いや、遠い昔、たしかに組関係のどこかで遭遇したような気がするんだよ。

そのとき、ふたりの背後からタブレット端末を装着した自撮り棒を持った制服姿の男がやってきた。

「ちょっとすみません！　電話するなら他でやってもらえますか？　音入っちゃうんで！」

「ではのちほど」右京は電話を切って、男に向き合った。「我々、警視庁特命係の者ですが、あなたは？」

男は急に態度を改め、敬礼した。

「はっ！　巡回警備員の高田です。あっ、今は休憩中です」

「この公園、結構人が来るんですか？」

亘が訊くと、高田は微笑みながら答えた。

「はっ、ここ、わりと映えますんで」

右京は高田の自撮り棒に注目した。

「ひょっとして高田さんもSNSを？」

「巡回してると、いいスポットを見つけちゃったりしますんで……。ボンバー高田って名前で少々。あっ、ご覧になります？」

タブレット端末を操作しようとする高田を、右京が制した。

「あっいやいや、結構」

「あっ、そうですか」

残念そうな高田に、亘が探りを入れた。

「高田さんは夜も巡回されてるんですか？」

「はい」

それを聞いて、右京が質問した。

「昨晩の巡回の折に、なにかいつもと違うものを見かけませんでしたか？」

「ああ、そういえば、男の子がふたり、うろついてましたね。ひとりがスマホの画面を見ながら、もうひとりがなにかを捜してるようでしたね」

「なにかを捜しているようだった……」右京はなにやら思案をし、高田に礼を述べた。「お仕事中にどうも」

「あっ、休憩中ですけどね」

ことさら明るく振る舞って去っていく高田の背中を見送って、亘が自分の考えを口にした。

「ふたりが捜していたのは新くんのスマホじゃないですかね」

「ええ」右京も同じ意見だった。「そしてそれは今も見つかっていない」

「だとしても、捜索アプリ使えば、普通見つかりますよね」

「そうですね」右京が認める。「誰かが電源を切って故意に持ち去ったりしなければ」

「じゃあなんでふたりは隠しているのか?」

「ふたりでいたことを知られたくない。おそらくなにか事情があるのでしょうねえ」

そのとき右京の脳裏には、聡の母親の顔を見て慌てて逃げ出した新の姿が浮かんでいた。

三

その日の昼、新は頼まれたみかんを持って、祖母の入院する病院へ見舞いに行った。

「ティーバッグ、ごめんな。明日には買ってくるから」

そのメッセージを聞けなかった新が謝ると、君枝はみかんを食べながら言った。

「いいんだよ、急がないから」

「あのさ、ちょっとスマホの調子が悪いんで、お使いがあるときは家の電話にメッセージ入れて」

「ああ、それで昨日途中で切れちゃったんだね。でも壊れたんならすぐ直さなきゃ」

「いいよ、毎日来るんだから。それより今日なんか検査したんだろ？　悪いところあった？」

心配する孫に、祖母が微笑んだ。

「ないよ。足の骨にひびが入っているだけ」

「でもなんもなきゃ、検査なんてしないだろ？」

「大丈夫。子供はそんな心配しないでいいんだよ」

新は君枝がなにか隠しごとをしているような気がした。

病院からの帰り道、新が教会の近くを通りかかると、湊健雄が周囲をキョロキョロ見回しながら歩いていた。

「湊さん、なにやってんの？」

「刺激のない町だな。なにも思い出せない」

「あのさ、一応言っておくけど、今朝、喫茶店から取った卵サンドとコーヒー、それから昼のざるそば、あれ全部、由梨さんの自腹だからね」

「そんなに食べたか？　記憶にないな」

「食べたよ」

「いずれお礼を添えてお返しするよ」

　湊が断言しても、新は信用していなかった。

「まさかとは思うけどさ、今夜も教会に泊めてもらって、晩ご飯にはうな重を取ってもらおうなんて考えてないよね？」

「うな重？　とんでもない！　考えたこともない！　断じてない！」

「じゃあ、これからどうするつもり？」

　言葉に詰まる湊に、新が提案した。

「あのさ、ちょっとした仕事があるんだけど、それやってくれるなら、今晩、俺んちに泊まってもいいよ」

「……仕事？」

　戸惑う湊を、新は自分の家に連れていった。新が君枝と暮らしているのは、団地の二階の部屋だった。新はタンスの中から喪服を引っ張り出し、珍しそうに室内を見回す湊に差し出した。

「あんたにはこれを着て仕事をしてもらう」

「喪服だ、これ」

「死んだじいちゃんの形見」

「ふーん。えっ、これを私が着るのか？」湊が目を丸くした。

「まあ、これでも着ないよりはマシか」新は値踏みするように言った。

「ご家族はお仕事かね？」

「俺はばあちゃんとふたり暮らしで、ばあちゃんは今入院中」

「じゃあ、ひとりで暮らしてるのか？」

「そうだよ」

湊が部屋の隅に目をやった。

「ほう。ランドセルがあるじゃないか」

「だから小六。来年、中学」

「えっ⁉」湊が驚く。

「まあ、保護者が入院やなんかで子供の世話をする人がいない場合、子供ショートステイってのがあるんだけど、うちは住民税が免除されている世帯だから、一泊二日で三千円。一日のびると千五百円。ばあちゃんが怪我で働けないのに家賃はかかるし、電気代や水道代もいるし。で、俺は家にいることにしたわけ」

新はとても小六とは思えぬほどしっかりしていた。

「それは、なんというか、大変だね」

「ばあちゃんは定年退職したあと、清掃員とビラ配りの仕事をしてたんだけど、自転車にぶつかって怪我したんだ」

「大変だ。おばあさんは定年になる前はなにやってたんだ？」

「俺が生まれる前から〈デイリーハピネス〉で働いてた」

「ああ、〈デイリーハピネス〉……」

なにかが湊の頭に引っかかったが、記憶はまだ戻らなかった。


右京と亘はちょうどそのとき、とある駅の〈デイリーハピネス〉の前にいた。

「右京さん、〈デイリーハピネス〉って都内に何店舗あると思いますか？」

「さあ、首都圏に三つの路線を持つ〈キャピタル鉄道〉の駅売店ですからねぇ」

「立ち食いそばほどではないですけど、かなりの数ですよ」

右京は店舗に近づき、商品を並べていた女性店員に声をかけた。

「すみません。ちょっとお尋ねしたいのですが」

「はい、なんでしょう？」

亘が湊の写真をスマホに表示して差し出した。

「この老人に見覚えありませんか？」

「うちのお客さんの顔は大抵覚えてるけど、この人は見たことないわね」

右京は店内に他に店員がいないことに気づいた。

「おひとりでは大変ですね」

「うちはね、どこもワンオペなのよ。もう食事も休憩もあったもんじゃない。手洗いにも立てないから水分もあんまり取らないの。おかげでしわが増えて困っちゃう」

店員に礼を述べ、ふたりはその店舗から離れた。

「思うのですが、湊さんのような人は、この種の店舗で日常的になにかを購入していたというよりも、むしろかつて勤めていたと考えたほうが妥当ではありませんかねえ。君、どう思います？」

亘はしばし考え、右京の意見を理解した。

「ええ……。あっ、本社勤務ってことですかね？」

ふたりはその足で〈デイリーハピネス〉の本社を訪ねた。対応したのは専務の種村栄一だった。

「いつ誰が勤めていたというようなことはお答えしかねますね。個人情報でもありますし」

種村はにべもなかったが、右京は粘った。

「おそらく以前は高い地位に就かれていたと思うのですが……」

「どうしてもとおっしゃるなら、令状をお持ちください」

種村の木で鼻をくったような態度に、亘がやんわりと異を唱えた。

「あの、そんな大袈裟なことじゃないと思いますけど」

「とにかく、今は微妙な時期ですし、役員人事に関しては親会社のほうにお尋ねくださ い。すみません、忙しいもので」

種村はさっさと立ち上がり、ふたりに退室を促した。応接室から出て廊下を歩きなが ら、亘が言った。

「〈デイリーハピネス〉の親会社って〈キャピタル鉄道〉ですよね」

「ええ。しかし『微妙な時期』というのはなんでしょうね。気になりますねえ」

右京の目が廊下の隅の自販機コーナーで休憩している社員と思しきふたりの男性をと らえた。特命係のふたりが気になるのか、チラチラと視線を向けてくる。亘もそれに気 がついた。

「右京さん、あちら、なにか話したいことがあるみたいですよ」

「ええ。全身から意気込みのようなものを感じますね」

右京と亘は近づいていき、ふたりを外の公園に誘って話を聞くことにした。まず亘が 本社を訪れた理由と種村の対応をかいつまんで説明した。すると若いほうの社員、白石 が言った。

「微妙な時期！　なるほど、そういう表現で来ましたか」

それを受け、年配のほうの社員、中村が声を潜めた。

「実はうちの会社、裁判に訴えられているんですよ」

「裁判？」亘が目を丸くした。

「刑事さん、〈デイリーハピネス〉の店舗知ってますよね」

白石の質問に、右京が先ほど仕入れた知識で答えた。

「ええ、ワンオペで大変だとか」

「その店で働いてる半数以上は非正規の社員なんです」

中村が苦い顔になると、白石がさらに内情を暴露した。

「店の正規社員と同じ仕事をしてるのに、基本給は安いわ、上がらないわ、退職金に至っては十五年以上働いたってなんとゼロですよ、ゼロ！」

「だから、非正規社員の店員さんたちが待遇に不合理な差があるとして、裁判に訴えることにしたんです」

中村の言葉で、右京にも「微妙な時期」の意味が理解できた。

「そうなんですか」

白石は次第に怒りが募ってきたようだった。

「さっき刑事さんたちがお会いになった専務も含めて、うちの役員は全員、親会社からの天下りでしてね。五十代で入社してくるんですよ。で、七、八年いて、またがっぽり退職金をもらって辞めてくんです」

「その間、会議なんかで思いつきでぱっと言ったことに私ら振り回されまくり。勤続年数で言えば、私なんか専務の倍以上ですよ」

そう嘆く中村は四十代前半に見えた。まだ三十代と思われる白石は血気盛んだった。

「売店の店員さんひとり休んだらもう大変だけど、あいつら役員はハッキリ言って、いなくても全然困らない。なんなら、いないほうがいいくらいです」

中村ももはや歯に衣(きぬ)を着せなかった。

「ブラブラしてるだけのあいつらが二度も退職金もらって、店員さんたちはゼロでしょ？そりゃ正直、店員さんたちを応援しちゃいますよ」

ふたりの社員と別れて、右京が言った。

「相当怒りがたまっていましたね」

「役員たちを、『あいつら』って言ってましたからね」

「しかしもし湊さんが〈デイリーハピネス〉に勤めていたのだとしたら、やはりその『あいつら』のほうだったのでしょうかねえ」

「ここは〈キャピタル鉄道〉に問い合わせるしかないですね」

亘が決意を込めて、一歩踏み出した。

四

その日の午後、入院中の早瀬君枝の携帯電話に着信があった。未登録の知らない電話番号だった。

「はい」

――もしもし、新くんのおばあさまですか？　私、学年主任の者ですが……。

「まあ、新がお世話になっております」

――先ほど繁華街の見回りをしていましたら、新くんが若い男性と一緒だったのですが、ご親戚かなにかですか？

「ああ、それはきっと〈聖マティス教会〉の方です。私が入院してますので、ボランティアの方がいろいろと気にかけてくださっていて」

――あっ、そうですか。それなら心配ないですね。はい、失礼いたします。

学年主任を騙って電話をかけたのは結城だった。君枝が新のスマホにかけてきたときに撮影した画面の情報を使い、自分のスマホから君枝に電話したのだ。

結城はすぐに〈聖マティス教会〉へ向かった。教会のドアの内側にクリスマスのお祝いのときの集合写真が貼ってあった。大人たちに交じってふたりの少年が笑顔で写っていた。

結城がつぶさに写真を眺めているところへ、福田が現れた。

「あの……？」

「あっ、すみません。区の児童福祉課の者ですが、ちょっとうかがっていいですか？」

福田は結城の言葉を疑いもしなかった。

「はいはい、なんでしょう？」

「こちらに新くんという少年がよく来ているそうですが……」

「今日は見かけてませんね」

「どこかに写ってましたよね？」

福田が写真の前にやってきて、新の顔を指差した。

「これこれ。この子ですよ」

結城は、新ともうひとりの少年の肩に手を置く男を指した。

「おばあさんの話だと、この男性と親しいそうですね。えっと、お名前なんていいましたっけ？」

「ああ、マメさんね」

「マメさん」

「あだ名でね。遠藤佑人っていって、新とは家が近所なんですよ」

口の軽い福田から知りたい情報を聞き出すのは、結城にとってたやすいことだった。

その頃、冠城由梨は新の部屋の台所にいた。トートバッグから鍋を取り出す。

「シチュー、たくさんできちゃったから、お裾分け」

「由梨さん、俺、本当、飯とかひとりで大丈夫だから」

由梨は新の強がりを受け流し、話題を変えた。

「そうだ、新くん、湊さん知らない？　昼過ぎから姿が見えなくて捜してるんだけど」

「ああ」新は台所と隣の部屋とを仕切るカーテンの前に移動した。「なんかね、仕事が見つかったって」

「仕事？」

半開きのカーテンをさりげなく閉めながら、新が言った。

「うん。今日はそっちに泊まるって」

「どこに？」

「わかんない。うん、でもね、明日には教会のほうに挨拶に行くって言ってたよ」

「湊さんにできる仕事ってなにかしら？　不安だわ……」

「軽作業じゃないかな」

由梨はカーテンの隙間からのぞく隣室の鏡に湊が映っているのに気づいたが、見て見ぬふりをした。

「じゃあ、シチュー温めて食べてね」

「うん、ありがとう」

由梨が去った後、新はカーテンを開けた。湊がズック靴を手に持って体育座りをしていた。

「俺、嘘はついてないでしょ」

「まあそうだな」

「湊さん、それ食べてていいよ。俺、ちょっと出かけてくるから」

新が出ていくと、湊は由梨が置いていった鍋に近づき、蓋(ふた)を開けた。

「食べるったって、中途半端な時間だぞ」

新が訪ねたのは近所にある遠藤のアパートだった。

「マメさん！」

ノックをしても応答がない。

「マメさん、新だけど！」

いくらノックしても応答がなく、留守のようだった。新は郵便受けに挟まっていたチラシの裏に伝言を書いた。

――帰ったらＴＥＬちょうだい!!　新

それを郵便受けの奥へ押し込んだとき、ルルが悲しげに鳴いた。

右京と亘が特命係の小部屋に戻ると、角田がコーヒーを無心にやってきた。

「で、〈キャピタル鉄道〉にもいなかったんだろ、湊健雄」

右京が認める。

「過去も現在もそういう社員はいないそうです」

「だから言っただろ？　俺は昔、捜査のどこかで湊健雄って奴に遭遇してるんだよ」

記憶を探る角田の前で、亘が湊の写真をスマホに表示した。

「この老人です」

角田が黒縁眼鏡をずり上げて、画面をのぞきこむ。

「うーん、俺が遭遇したのはかなり昔のはずなんだ。こいつの若い頃の写真ないか？」

「ご自宅へ行けばあるのでしょうが、それがどこなのか……」

「ああ、記憶喪失だったな」

「例の件、故買屋から連絡ありました？」

亘が訊くと、角田は小さく胸を張った。

「ああ、もちのろんよ。故買屋が買い取った品物の写真、そっちに転送しておいた」

右京がパソコンを操作し、角田からのメールを開いた。写真をひとつずつ表示する。

「財布、腕時計、眼鏡……。あっ、このジャケット、教会で見たスラックスとそろいですね」

亘がうなずいた。

「湊さんが身につけていたものに間違いないですね」

右京はキーボードでなにかを打って、角田に頼んだ。

「課長、この写真を故買屋に送って見覚えがないか、確かめてもらえますか」

「……また⁉」

角田は当惑顔になりながらも、すぐに故買屋の店主に写真を送り、電話をかけた。店主は送られてきたメールのリンク先を見ながら笑って言った。

――はい、間違いありません。この男です。こいつが腕時計とかまとめて売りに来たんですよ。

店主が見ていたのは、ボンバー高田の自撮り動画だった。

角田が電話を終えると、亘が感心した。

「だけど右京さん、なんでボンバー高田さんってわかったんです？」

「半分は勘ですが、〈こがらし公園〉で彼が自撮りの写真を見せようとしたときの、あのタブレット端末は最新モデルで十万近くするものでした。加えてディスプレイにはまだ買ったばかりであるかのように保護シートが貼られていました。それでなにか直近に臨時収入でもあったのではないかと思いましてね」

「細かいねえ」

角田は感心を通り越して、呆れていた。

「話しても絶対に信じてもらえないと思います」

右京と亘は〈こがらし公園〉の近くの交番で、高田と向き合っていた。

「では、試しに話してみてはいかがでしょう？」

右京に促され、高田は公園の地図を指差した。

「ここに置いてあったんですよ。ベンチとベンチの間にまとめてあったんです」

「財布にクレジットカードは……」

責める口調の右京を遮るように、高田が首を横に振った。

「ありませんでした」

「現金は？」

亘が訊いても高田が答えないので、右京も「現金は？」と詰め寄った。ようやく高田が認めた。

「十万円ほど……」

「そしてそれは？」

「拝借しました。でも、でもね、信じてください。あそこに置いてあったのは本当なんです！　コートとジャケット、その上に腕時計やら財布やらが、こう、並んでいましてね。私たちを持っていってください、って言ってたんです！」

「私たち、というのは？」

右京につっかれ、高田は泣きそうになりながら叫んだ。

「腕時計たちです！」


〈こがらし公園〉に呼び出された鑑識課の益子桑栄は、高田が言ったベンチの近くで右京から話を聞いた。

「で、腕時計たちをまとめて持っていたごみ袋に入れて持ち去ったと」

亘が補足する。

「眼鏡は割れてたから捨てたそうですけど」

「もし嘘をつくつもりならもっとマシな嘘を考えるのではないかと思いましてね」と右京。「益子さんのプロの目で確かめていただきたいと」

「休みに呼び出しておいておだてるんじゃないよ」そう言いながら益子はすぐにベンチの手すりに顔を寄せた。「ほらほら、あった！　血痕だよ。しかも新しめ。毛髪付きだ」

益子が証拠の回収をはじめると、亘が右京に言った。

「湊さんが頭を強打したのは、このベンチで間違いなさそうですね」

「ええ。ここでなんらかのトラブルがあった。高田さんの話では、腕時計たちを発見したのは午後七時四十分頃」

「そのとき、すでに湊さんはここにはおらず、記憶を失った状態で闇雲に藪の中を歩き回っていた……」

背中で話を聞いていた益子が割り込む。

「けど、そのバンブー……」

「ボンバー」

右京に即座に訂正され、益子が言い直す。

「ボンバー高田が横領した拾得物の中には、身元を示すものはなにもなかったんだろ?」

亘が認めた。

「まあ普通、なにか身につけてるものですよね」

「つまり、ボンバーの話が事実なら、ボンバーが来る前に何者かが上着を脱がせ、一度は高価な腕時計なんかを持ち去ったと……」

右京が益子の言葉を受ける。

「ところが、なぜか気が変わり、それらの中から身元を示すものだけを抜き取り、あとはすべて置いていったということになりますねえ」

「どうしてそんなおかしなまねをしたのか」

「さっぱり訳わかんねえな」

亘も益子も首を傾げたが、右京は別のことに着目していた。

「ただ他にもふたつ、同じ晩に公園から持ち去られたものがあります。あの上等なコートとジャケットを着ていた湊さんが初めから古いズック靴を履いていたはずがない」

亘が上司の言いたいことに気づいた。

「つまり、湊さんの履いていた革靴がなくなっている」

「ええ」

「もうひとつは？」益子が訊いた。

「新くんのスマートフォンですよ」

右京と亘が特命係の小部屋に戻ったときには、もうすっかり夜になっていた。

「お尋ねの早瀬新のスマホの最後の位置情報は、昨日の午後八時ちょうど。問題のベンチから少しだけ離れた地点です。それ以降は電源が切られているもようです。以上」

青木は用件だけ告げると、そそくさと立ち去った。亘が時系列を確認する。

「八時というと、ボンバー高田が湊さんの腕時計たちを持ち逃げした二十分あとになりますね」

「ええ」右京が頭を整理しながら推理した。「その時点でベンチの近くには新くんと聡くん以外の何者かがいて、新くんのスマホを持ち去った」


右京と亘はその夜、亘の実家を訪れた。

「お待たせしました」

紅茶を淹れて運んできた由梨に、右京が頭を下げる。

「夜分にすみません」

「いいんですよ。ひとりですし。わーくんが家を出てから実家に誰かを連れて来るなんて初めてね」

「ちょっと姉さんに訊きたいことがあって」

「うん」

「差し支えなければ、新くんと聡くんのことを少し……」

右京が上体を乗り出すと、由梨は少しだけ間を置いて口を開いた。

「実は、新くんと聡くんは一緒に遊ばない約束をさせられているんです」

「一緒に遊ばない約束、ですか」

「ふたりで遊んでいるときに、聡くんが遊具から落ちて怪我をしたんです。でも、それは表向きの口実で、聡くんのお母さんは、新くんがおばあさんとふたり暮らしの貧しい家の子供だっていうことが気に入らないようで、付き合わせたくないみたいで。それで学校まで乗り込んで……」

「そうでしたか」

「だから私も教会の人たちも、そんな馬鹿げた約束は無視しているんです。新くんは友達思いのとてもいい子ですもの」

右京は聡の前に立って庇おうとした新の姿を覚えていた。

「最初に会ったときも、咄嗟に聡くんを守ろうとしていました」

「新くんの両親は？」亘が姉に質問した。

「早くに離婚して、はじめはお母さんとおばあさんと新くんの三人で暮らしていたそうなんだけど、お母さんが病気で亡くなって。それで二年くらい前に引っ越してきたの。でも今度は、おばあさんが怪我をして入院してしまって」

「それは大変ですねぇ」右京が同情する。

「ここは広いし、新くんには、おばあさんが退院するまでうちに来ない？って何度も言ったんですけど、女の人がひとりで暮らしてる家に同居するなんてできないって」

「断るときまで気を遣ってるんだな」と亘。

「ええ。人の助けを借りるのは迷惑をかけることだって思ってるみたい」

「では、新くんは今はひとりで？」

右京が問うと、由梨は微笑んだ。

「ええ。でも今日はひとりじゃないんですよ。さっきシチューを持って行ったとき、隣の部屋に湊さんがいるのが見えたんです。別に隠れなくてもいいと思うんですけど」

知りたいことを聞いた右京はそのまま帰っていったが、亘は久しぶりに実家に泊まることにした。

亘の部屋は家を出たときのままにしてあった。小学生の頃に夢中になってのぞいた天体望遠鏡、中学時代にのめり込んだエレキギター、高校のときに打ち込んだバスケットボールなどが当時の思い出を封じ込めたまま置かれている。

亘はふと思い立って、クローゼットの奥からオルゴール箱を取り出した。蓋を開けるとほのかに甘いメロディが流れ出す。箱の中には手紙が何通か入っていた。亘は一番上の葉書を手に取った。表書きは子供が書いたに違いないつたない筆跡が連なっていた。宛先はこの家の住所、宛名は冠城亘となっていた。

亘が物思いにふけっていると、ドア口に由梨が現れた。

「わーくんがちょうど新くんたちくらいの頃だったわね、和也(かずや)くんがよく遊びに来てたの……」

亘にとって早瀬新は、記憶の中の和也とイメージが重なるのだった。亘は小学生時代の自分が表書きを書いた葉書を裏返した。裏は白紙のままだった。

五

翌朝、アパートを出る際、新は喪服姿の湊健雄の眼鏡を取り上げた。

「眼鏡！」

「ん？ どうした？」

「ダサいから」

「ダサいって……」

眼鏡がなくなったために視界がぼやけて戸惑う湊に、新が確認する。

「仕事の手順、ちゃんとわかってるね？ いつもどおり偉そうな態度でね」

「おい、偉そうって……」

ふたりがやってきたのは新の祖母が入院する病院だった。新が主治医に湊を紹介した。

「知り合いの葬式で上京してきた地方の親戚です」

「まあまあ、楽にしたまえよ」

上からものを言う湊に、医師はすっかり面食らった。

「えっ？ あっいや、どうぞお座りください」

「せっかく上京したのであるからな、君枝の病状を聞いておこうと思ってな。新から聞いたが、昨日なにやら検査したらしいな。足の骨にひびが入っただけじゃなく、なにか深刻な病でもあるのかね？」

「いやいや……」

「正直に言いたまえよ」

湊に詰め寄られ、医師は失笑した。

「食欲がないようなので、念のために検査をしたんです。先々のことをいろいろ心配しておられたからでしょう。まあこれからは足の治療に専念しましょうと昨日もお話ししたところなんですよ。深刻な病気はなにもありませんでした」

「本当ですか？」と新。

「本当ですよ」医師が請け合う。

「なにを聞かされてもいいんだよ。私たちには覚悟があるのだよ」

湊に念を押され、医師は困惑した。

病院の廊下で、湊が新に言った。

「悪い病気がなくてよかったじゃねえか。なっ。たったひとりの肉親だもの。心配で心細かったろう」

「記憶なくした湊さんのほうが心細いと思う」

「たしかにな」湊は苦笑いするしかなかった。

「記憶戻っても、湊さん、友達少なそうだし」

「私もそう思うよ。放っといてくれるか？」

ふたりでひとしきり笑った後、湊が新を促した。

「さあさあ、おばあさんのお見舞いしたいからさ、案内してくれよ」

早瀬君枝は新と一緒に入ってきた喪服姿の老人を見て少しばかり警戒した。

「ご不幸がおありになったようでどうも……」

「えっ？」

自分の身なりを改めて眺めている湊を、新が紹介した。

「教会で知り合った友達の湊健雄さん」

「友達？」

君枝が意外そうに訊き返すと、新は「うん」と大きく首を縦に振った。湊が前に出る。

「新くんからうかがいましたが、以前に〈デイリーハピネス〉にお勤めだったとか」

「はい」君枝の警戒心はかなり薄らいでいた。

「私を覚えてませんかね？」

「すみません、お力になれなくて」

「ええっ？」孫の言葉に驚き、君枝はしげしげと湊の顔を見つめた。

「湊さん、記憶喪失なんだ」

「えっ？」


「いいえ……」

落胆する湊に、君枝がみかんを差し出す。

「そう、おみかんでも食べませんか？」

「はい、ありがとうございます」

「ほら、新も」

「うん」

「どうぞ、お座りになってください」

君枝に促され、湊がベッド脇の椅子に腰を下ろした。

「いやあ、なんかこう突然やって来てすみません。話が盛り上がればいいんですけど、私は話すことがなにもないんで。できれば、あなたのお話をうかがいたいな」

「えっ、私の？」

「はい。ちっちゃい頃はどうでしたかとかいう……。あだ名、なんて呼ばれてました？」

「ええっ？　あだ名というか、きーちゃんって」

「きーちゃんか。機敏そうですね」

「ううん、もう全然のろくて」

楽しそうに話すふたりの老人を、新は少し離れたところから嬉しそうに見ていた。


その頃、江南区の埠頭で男の遺体が見つかった。警視庁捜査一課の伊丹憲一が現場に着いたときには、同僚の芹沢慶二と後輩の出雲麗音が臨場していた。

「身元を示すものはなにも身につけてません」

麗音の報告を受け、伊丹がつぶやく。

「名無しの死体ってわけか」

芹沢が背後の倉庫を目で示した。

「昨日から年末休みに入っていて、忘れ物を取りに来た作業員が偶然発見したそうです」

益子は遺体の頭部の傷を指した。

「頭頂部を棒状のもので一撃。こりゃ即死だな」

伊丹は遺体の右手首のタトゥーに目を留めた。

「入れ墨……数字の8か」

「無限大の記号です」麗音が訂正する。

「なんだそれ」

「だから無限大の記号です」

「お前と話しても埒が明かねえな」

伊丹が鼻を鳴らすと、麗音は聞こえないように、「お互いさまですよ」とつぶやいた。

「おい、死亡推定時刻は？」

伊丹の質問に、益子は「昨日の午前一時前後ってとこだろ」と答え、証拠品袋に入った焼け焦げた小型の電子機器を掲げた。「それからドラム缶ストーブの中からこんなもんが見つかってる」

「ＩＣレコーダーですかね？」

芹沢の見解を、伊丹が「ああ」と認めた。

「でもまあ、そいつはダメだな」

益子が首を横に振った。

遺体発見のニュースは青木によって特命係のふたりにもたらされた。

「もうひとり、身元不明者ですか」

右京の言葉に、青木が補足する。

「そっちは死体ですけど。一課は歯型と右手首の小さな入れ墨から身元を割るしかないって嘆いてましたよ」

「小さな入れ墨……」

亘はそこに引っかかりを覚えたようだった。

「何度も言わせるな、冠城亘。伊丹さんの話じゃ、数字の8だってさ」

亘は聡の言葉をよく覚えていた。

――ここんとこに無限大のタトゥーとかしてるの。

そして、由梨に電話をかけた。

「あっ、姉さん。遠藤佑人さんの写真を俺のスマホに。理由はあとで説明する」

袴田茂昭の事務所では、袴田の秘書の結城がひとりでテレビを見ていた。女性アナウンサーが事件をレポートしている。

――江南区西島の現場です。今朝こちらの埠頭で身元不明の男性の遺体が発見されました。男性の頭部には鈍器で殴られたような痕があり、警察は殺人事件の可能性も……。

結城の脳裏に、あの夜のできごとが鮮明に蘇っていた。そのとき袴田は後援会の役員たちと納会の最中だった。秘書の結城も立ち会っていると、女性の事務員が電話の子機を持ってきたのだった。

「〈こがらし公園〉のことで話したいという方がいらっしゃるんですけれどどうします？」

「出るよ」結城は子機を奪い取るようにつかむと、人気のないところまで移動して、保留を解除した。「お電話代わりました。結城ですが……」

受話口から男の声が聞こえてきた。

――ああ、結城さん？　公園のベンチのじいさんの死体ね、あれ運んで始末したの、この俺なんですよ。

「なんの話か私には……」

結城はとぼけようとしたが、男はせせら笑った。

――またまた。死体がなくなってて、死ぬほど泡食ってたじゃないですか。あんたと袴田先生のやり取り、今聞かせますね。

そう言うと男は電話口で、数時間前の〈こがらし公園〉での袴田と結城の会話を再生したのだった。

――なんなんだ、結城。

――いや、たしかにここにあったんです。ここに死体を置いたんです。

――死体だと⁉　どういうことだ、結城！　お前、どうしてこんなところに私を連れてきたんだ！

――そうでもしなければ、あなたは知らぬ存ぜぬで押し通しますからね。元はといえば袴田先生、あなたが是が非でもあの人を連れてこいと言ったからですよ。

――なに⁉

再生を止めて、男が脅迫をはじめた。

——ちょっとした技術があればね、動画からきれいに音声を拾えるんですよ。俺ね、死んだじいさんの正体も知ってるんです。でね、死体を始末した代金を払ってもらいたいんです。

「ニュースは見たようだな」

突然袴田の声が聞こえ、結城は我に返った。

「ええ」

袴田が結城の座るソファの隣に腰を下ろした。

「その男はたしかに死体を海に沈めたと言ったんだな?」

「指をさして教えてくれましたよ」

結城の意識が再びあの夜の出来事へ飛ぶ。男から電話のあった数時間後の埠頭での出来事へ……。

「あんたが殺しちまったじいさんは、俺がその辺に沈めときました。まったく、ひとりでやるのは大変でしたよ」

男はそう言うと、ドラム缶に木っ端を入れて燃やしたストーブで暖を取った。極度に緊張していたせいか、そのとき結城は寒さを感じていなかった。

「本当に見つかることはないんだな?」

「年明けには護岸工事で埋め立てられます。だから電話でも言いましたけど、俺が死体を始末した代金を要求するのはこの一回きりです。一千万、持ってきてくれましたよね？」

男がいやらしい笑みを浮かべた。

「音声の録音データは？」

結城が訊くと、男はＩＣレコーダーを取り出し、袴田と結城の会話を再生しながら、ストーブへくべた。

「これで消滅です。お金」

男が差し出した右手に、結城は現金を入れた封筒を渡した。男が重ねて要求した。

「それから拾ったスマホは返してくださいね。大事な写真が入ってるんです」

「ああ、いいとも」

結城はスマホを取りに行く振りをして、鉄パイプを拾い上げていた。男は現金を数えるのに夢中で、それに気づいていなかった。結城は渾身の力をこめて男の頭に鉄パイプを振り下ろした。ガツッと鈍い音がして、男はその場にバッタリと倒れた。結城は鉄パイプを海に放り投げると、現金の入った封筒をつかんで、夜の埠頭を後にしたのだった。

袴田のだみ声で、再び結城は現実に引き戻された。

「マルクスの金言の逆だな、この場合。一度目は喜劇として、二度目は悲劇として。しかしこの、子供のスマホに入っているはずの動画が、どうやってその男の手に渡ったんだ」

結城はそのからくりを推察していた。

「今はスマホに設定さえしていれば、動画や写真が自動的にネット上にバックアップされるんです。そのバックアップにはアカウントとパスワードを知っていれば、別のスマホからでもアクセスできます」

「となれば、子供本人に動画を消去させるしかないな」

「……それも私の仕事ですか」

難色を示す結城を、袴田が懐柔しようとする。

「仕事というのはな、仕える事と書くんだ。結城、お前は誰に仕えているんだ？」

「……袴田先生です」

「いいか？　三度目で幕にするんだ。その子供さえいなくなれば、すべてなかったことにできる。いずれお前が代議士として独り立ちするときには、私が後ろ盾だ。そのスマホはさっさと処分しておけ」

「わかりました」

立ち去る袴田は、結城が唇を強く噛んでいることに気づいていなかった。

江南区の所轄署に到着した亘は、姉から送られてきた写真と、遺体の顔を見比べて、右京に言った。

「遠藤佑人さんです」

右京はすぐさま電話をかけた。

「伊丹さんですか、杉下です」

六

結城は団地の近くで新を待ち伏せしていた。新の住所は、遠藤のアパートから持ち出した新からの年賀状で把握済みだった。

そこへ新が戻ってきた。

「湊さん、結構やるじゃん」

「ん、そうだったか？　心配するな、おばあさんはすぐ退院するよ」

結城は新と一緒に歩いて来る男の顔を見て信じられない思いだった。眼鏡を掛けていないために印象が変わって見えたが、それは結城が殺した老紳士に間違いなかった。なぜか喪服を着ているのが、嫌な冗談のように思えた。

「ばあちゃんと結構話合うんじゃない？」

「話し込んじゃったね」

新と老紳士は笑いながら団地の階段をのぼりはじめた。

「どういうことだ……」

動転して青ざめた結城が郵便受けの住所と年賀状のそれを照合していると、ひとりの女性が話しかけてきた。

「新くんになにか？」

それは冠城由梨だった。結城はなんとか平静を取り繕うと、由梨に訊いた。

「いや、あの……。新くんと一緒にいたご老人は……？」

「湊さんをご存じなんですか？」

「湊？」

それは結城の知っている名前と違っていた。

「湊健雄さん。記憶喪失でお名前しか覚えてなくて。あっ、湊さんのこと、ご存じならぜひ……」

由梨が近寄ってきたので、結城は「いえ、私はなにも知りません」と言い残し、逃げるように立ち去った。

そのとき新が部屋から出てきた。

「由梨さん、なんか用？」

「あっ、新くん。マメさん、知らない？」

「どうして？」

「わーくんからマメさんの写真を送るように言われて……」

そこへ今度は聡がやってきた。

「由梨さん、なにしてるの？」

「いや、わーくんからね……」

由梨が同じ説明を繰り返そうとしたとき、突然、新が走り出した。新はそのまま遠藤のアパートへ向かった。

「マメさん、マメさん！」

新は遠藤の部屋のドアを叩きながら呼んだが、返事はなかった。少し遅れて由梨と聡がやってきた。

そのときサイレンの音がして警察車両が数台到着した。車から降りた右京は、ドアの前の新と聡に気づき、伊丹たち捜査一課の面々に向かって言った。

「伊丹さん、あの子供たち、新くんと聡くんは遠藤さんと親しかったんです。遠藤さんが亡くなったことは、いずれ落ち着いたタイミングで……」

「わかりました」

右京とともにやってきた亘は、由梨を傍らに呼び、事実を伝えた。

「マメさんが？」

「聡くんと新くんにはここでは……」

到着した警察官のようすを見て、新は悪い予感が的中したことを悟った。聡をアパートの陰に連れていき、強い口調で言った。

「いいか？　一昨日（おととい）〈こがらし公園〉で撮った動画は、俺のスマホで撮ったことにする。いいな、約束だぞ」

「でもどうして？」

「どうしても！　それからあと……もう俺んちに遊びに来んな」

「なんで？　どうして遊びに行っちゃいけないの？」

「鬱陶（うっとう）しいんだよ！」

新が聡をアパートの壁に押しつけた最悪のタイミングで、聡の母、瑛子が通りかかった。

「新くん、なにしてるの⁉」

「今はよしてください！」

止めに入ろうとする由梨を払いのけ、瑛子が新に迫る。

「一緒に遊ばないって約束したじゃない。約束したわよね、新くん！」

「ごめんなさい……」

新は頭を下げて謝ると、その場から駆け去っていった。亘が新のあとを追った。

「新くん、新くん！」

新が立ち止まる。

「マメさんになんか悪いことがあったんだろ？」

亘が答えられずにいると、新は続けた。

「聡のおばさんが言ってたよ。貧乏人といると、一緒に恐ろしい目に遭うか、恐ろしいことをする羽目になるか、どっちかだって。俺と聡は一緒にいないほうがいいんだよ」

そのとき亘は、新に少年時代の和也の面影を見出していた。新が和也だとすると、聡は亘だった。亘には聡の気持ちがよくわかった。

「聡くんはそう思ってないよ。とてもつらそうな顔をしてた」

「中学に行けば、新しい友達だってできるし、すぐ忘れるよ。俺と聡はもともと全然違うんだから」

「なにが違うっていうんだ？」

「うちにはばあちゃんしかいないし、塾とかにも行けないし、あと住民税が免除されてるし」

「そんなの、君の責任じゃない！」

亘の慰めは、新の怒りの炎に油を注いだだけだった。

「じゃあ、誰の責任だよ！　ネットじゃ金持ちのおっさんが、税金免除されている人間なんか、払ってる人にただ乗りしてる屑（くず）みたく言ってるじゃない！」

「そんな奴らのことなんか信じちゃだめだ」

「世の中、みんな自己責任なんだよ。俺たちみたいなのはどこまでいっても努力が足りないんだよ」

走り去る新の心に届く言葉を、今の亘は持ち合わせていなかった。

「はあ、こりゃまた荒らされてるなあ……」

遠藤の部屋に入った伊丹は、散々に散らかった室内を見回した。空き巣が入ったかのように荒らされた部屋の片隅で、ルルが怯（おび）えたように伊丹を見ていた。

芹沢が複数のパソコンに目をやった。

「遠藤佑人さんはクラウドソーシングで仕事を受注していたシステムエンジニアだったようですね」

「ＩＴ絡みの事件か」

そこへ右京が入ってきた。玄関に落ちていたチラシを拾い上げ、裏に書かれた新の伝言を読んだ。と、新の説得に失敗した亘が合流し、ふたりで部屋に入った。パソコン周りを調べていた伊丹に右京が申し出た。

「伊丹さん、提案があります」

伊丹の口が「警部殿」と発する前に、亘が慌てて言い添えた。

「断る前に……。俺の姉は被害者の親しい友人で、いわば事件の関係者です」

「なに？」

興味を示した伊丹に、右京が提案する。

「こちらで得た情報はすべて一課の皆さんと共有するということを条件に……」

伊丹が言い換えた。

「ただちに私に知らせる約束で」

「ええ、その約束で出雲さんをお借りできないでしょうか？」

伊丹は芹沢に目配せしたあと、後輩を呼んだ。

「出雲、来い」

「はい」

やってきた麗音のスマホに、亘がメッセージを送る。

「今、送った住所に早瀬新という十二歳の少年がいる。湊さんという記憶喪失の老人と一緒にいるはずだが、その新くんから目を離さないでほしい」

「その子、危険なんですか？」

事情を把握していない麗音に、右京が言った。

「一応、用心のためです」

「わかりました。失礼します」

麗音が部屋から出ていくと、伊丹が芹沢に発破をかけた。

「よし、ＩＴ関係、全部運び出すぞ」

「了解」

亘は部屋をぐるっと検分した。

「窓もドアもこじ開けられた形跡はないようですね」

右京が犯人の侵入方法を推理した。

「おそらく遠藤さんの殺害後に、犯人は遠藤さんの鍵で部屋に侵入したのでしょうねえ」

右京が引き出しを開けると、遠藤にとって貴重品と思える品々が出てきた。亘がひとつずつ名前を挙げる。

「免許証、スマホ、クレジットカード……」

「遠藤さんは身元のわかるものはあらかじめ家に置いていったようですねえ」

右京の言いたいことを、亘は理解していた。

「ということは、会いに行く時点で相手は遠藤さんのことを知らなかった」

右京がさらに推理を進めた。

「であるとすれば、連絡を取ったのは遠藤さんでしょう。当然、自分のスマホは使わなかったはずです」

亘は自分の役割を悟った。

「この近辺の防犯カメラを当たれば、公衆電話を使っている遠藤さんの姿が残ってるかも。そっちは俺が……」

新が家のドアを開けると、焦げ臭いにおいが漂ってきた。台所で湊が呆然と座り込んでいるではないか。

「どうしたの？」

「なにかをこしらえてね、力になろうと思ったんだよ。でも、鍋焦がしただけだったよ……」

黒焦げの鍋を前に肩を落とす湊を、新が励ます。

「仕方ないよ。湊さん、名前しか覚えてないんでしょ？」

「このザマだよ。この鍋はね、私ですよ」

新が湊に労り（いたわ）の言葉をかけた。

「大丈夫だよ。思い出したらなんでもできるよ。俺、なんか買ってくるね」

新は再び部屋を出ていった。後ろから麗音が追っていることに、新は気づいていなかった。

遠藤のアパートの近くで気もそぞろにルルの頭を撫でる由梨の姿を目にして、右京が声をかけた。

「大丈夫ですか？」

「なんだかまだ信じられなくて……」

「由梨さん、最後に会ったとき、遠藤さんはどんな感じでした？」

「一昨日の夜、湊さんをお迎えしたあとだったんですけど、マメさんが福ちゃんを叱っていました。『まったくしょうがないなあ、福ちゃんは』なんて」

「遠藤さんが福田さんを叱っていた？」

「福ちゃんのほうがずっと年上なのに、逆にいつもマメさんのほうがお兄さんみたいな感じで。福ちゃんが競馬ですったりすると、マメさんに諭されたりして……」

と、右京がコートのポケットにしまったスマホが振動した。電話をかけてきたのは角田だった。

――思い出したよ、湊健雄！　俺が駆け出しの頃、組のガサ入れで押収した奴だった！

「押収した奴？」

――ああ。今、写真送った！

電話を切って写真を開いた右京は、湊健雄の顔を見て目を丸くした。

七

右京は由梨から福田の住所を聞き、アパートを訪ねた。福田の部屋の壁には、派手な着物に身を包んだ若い頃の福田のポスターが何枚か飾られていた。演歌のCDのポスターだった。

右京がポスターに書かれた曲名を読み上げる。

「『瀬戸内なみだ橋』『おひかえなすって』……歌手は湊健雄。これはどういうことですか」

福田はこたつで背中を丸め、小さくなっていた。

「ちょいとヤンチャしてた若い頃、歌がうまいと組の幹部に褒められて、なんならデビューしてみるかとCDを作った過去が……」

「そんなことを訊いているのではありません。なぜ記憶喪失の老人に自分は湊健雄だと思い込ませたのですか？」

「いや、あの日は競馬で大負けしてくさくさしてて。そしたら上等な服着たじいさんが公園のベンチで寝てるじゃありませんか。てっきり酔っ払って寝てるんだと思って、いい気なもんだって、ちょっと腹が立って。突っついてもね、全然目ぇ覚まさないんで。ついつい新品のいい靴だなあって。履いてみたら偶然サイズもぴったりで」

笑ってごまかそうとする福田を、右京が問い詰める。

「それでコートや上着、腕時計等を盗ったわけですね？」

「はい。で、上着から財布を出そうとしたら、名刺入れが出てきて。それ見て仰天して、まずいまずいって焦ってたら、そのじいさん、いつの間にか目ぇ覚まして、藪のほうに歩き出して。じいさん薄着だし、心配で追いかけたんですけど、どう声をかけていいかわからなくて。考えてるうちに追い越しちゃって」

右京が話の先を読んだ。

「あなたより先に、聡くんと新くんが声をかけた」

福田は大きくうなずいた。

「あの子たちとのやりとりを聞いていたら、記憶を失ってるんだなってことがわかって」

「そして子供たちを教会に行かせて、ふたりきりになった隙に……」

行動を読まれた福田が、右京に泣きついた。

「刑事さん、私の身にもなってくださいよ！」

右京が一喝する。

「とてもそんな気にはなれませんよ」

「そうですよね。ちょっとだけ、いろんなことを忘れててほしいなあって思って。そのときにね、若い頃一度は夢をかけた名前を思い出して……」

福田は老紳士に、「もう大丈夫ですからね、湊健雄さん」と呼びかけたのだった。老紳士は最初は戸惑っていたが、「やだなあ！　さっき自分でそうおっしゃったじゃないですか」と強弁すると、その名を受け入れたのだった。

右京にはその後の福田の行動もわかっていた。

「その晩、あなたは湊さんと靴を取り換えたことを遠藤さんに気づかれて、叱られたのではありませんか？」

「はい。問い詰められて、マメにはなにもかも話しました。いつか返そうと思って隠していました」

福田が押し入れから高級な革靴と、名刺入れを取り出し、右京に渡した。右京は名刺入れから名刺を一枚抜いて、視線を落とした。そこに書かれた肩書と名前は、さすがの右京も想像していなかった。

——最高裁判所　判事　若槻正隆（わかつきまさたか）

亘は捜査本部で、右京からの電話を受けた。

「えっ、湊さんが最高裁の若槻判事だった？」

——殺害された遠藤さんも福田さんから聞いてそのことを知っていたようです。僕は今から新くんのお宅を回って若槻判事を保護します。で、そちらは？

「遠藤さんが公衆電話をかけている防犯カメラ映像が見つかりました」

――公衆電話の通話先は？

亘に代わって、青木が電話に出る。

「今、青木さんが調べてくださっています」

亘の言葉を漏れ聞いた芹沢が、伊丹に報告した。

「先輩、湊さんっていう記憶喪失の老人、最高裁の若槻っていう判事だったそうですよ！」

「なんだと？」

「出雲が近くにいるんですから、先に保護させたほうが……」

「ああ、そうだな」

事態の急転に頭が追いついていない伊丹に、芹沢が言った。

「俺、判事の家のほうに行きます」

湊健雄こと若槻正隆が早瀬新の家で洗濯をしていると、チャイムが鳴った。解錠してドアを開けると見知らぬ男が立っていた。それは結城宏だった。

「どなただね、君は」

「こんにちは、若槻先生」

その名前を呼ばれ、若槻の記憶がたちまち蘇る。

あの夜、若槻は結城によって無理やり車に乗せられ、袴田の待つ高級フレンチレストランへ連れていかれようとしていた。途中でそのことを知った若槻は、〈こがらし公園〉のそばで車を停めさせ、逃げ出したのだった。結城があとを追ってきて車に連れ戻そうとするうちに、放せ放さないの押し問答になって……。

「君は袴田代議士の……」

若槻が名前を思い出す前に、結城が部屋に入ってきた。

「若槻先生、私、あなたのおかげで人を殺してしまいましたよ」

捜査本部では、青木がようやく遠藤の通話相手を突き止めたところだった。青木は得意満面で亘に告げた。

「聞いて驚け、冠城亘！　遠藤さんが公衆電話からかけた先は袴田代議士。与党政調会長の事務所だ」

「袴田茂昭……」

右京が新の部屋を訪ねたとき、玄関のドアは半開きになっていた。争ったような形跡の残る室内を見回していると、麗音が駆け込んできた。

「杉下さん……」

「君、どうしてここに？」

「伊丹さんから若槻判事を保護するようにと……」

それを聞いて右京の顔色が変わった。

亘は袴田茂昭の事務所に行き、女性事務員から話を聞いていた。

「ええ。おととい の夜十一時頃に電話がありました。後援会の役員の方々と納会の最中で。先方が〈こがらし公園〉のことで秘書の結城さんと話したいとおっしゃるので、お尋ねしたところ、お出になるということでしたので」

「結城さんは今どちらに？」

「それが、昼前にお出かけになってからまったく連絡がつかないんです。スマホも電源を切っているみたいで」

結城は新の家の近くに車を停めて待ち伏せしていた。やがて新がやってきたので、車から降りて、呼びかけた。

「早瀬新くん」

あの夜、〈こがらし公園〉で拾ったスマホを差し出すと、新が驚いたように言った。

「あっ、俺のスマホ！」

結城は薬品を染み込ませた布で新の鼻と口を覆い、気を失わせてから車に運んだ。

そのとき聡はちょうどそのあたりを歩いていた。たまたま角を曲がったところで、新が連れ去られる場面を目撃した。

聡は教会に駆け込み、由梨に事情を説明した。

「新くんがさらわれた⁉」

声を上げた由梨に、聡が言った。

「僕、車のナンバー覚えてる！」

聡が記憶していたナンバーは由梨から捜査本部の亘に伝えられ、青木がすぐに照合した。

「ナンバーは結城秘書の車のものです。若槻判事が連れ去られた団地の近くでも、同じ車種の車が目撃されています」

右京はすでに捜査本部に戻っていた。

「ふたりは結城さんに連れ去られたと考えて、まず間違いないでしょう」

麗音も戻っていた。

「私が新くんから離れなければ……」

「俺の指示だ」と伊丹。「お前のミスじゃない」

「Nシステムで結城の車を捜索していますが、今のところまだ……」

青木が首を横に振ると、伊丹が情報を共有した。

「芹沢からの報告では、若槻判事は妻に先立たれて以来、ひとり暮らしで、年末年始は家政婦も休み。事件の起こった夜が仕事納めの日だったので、誰も失踪に気づかなかったらしいと」

「わかった。ありがとう」ちょうど通話していた亘は由梨からの電話を切って、捜査員たちに伝えた。

「姉が昼前に新くんを訪ねたとき、結城と出くわしたそうです。写真を送って確認してもらいました」

「下見に来てたのかも」と麗音。

「それが結城は真っ青な顔をしてて、若槻判事のことを尋ねたそうです。記憶喪失と聞いて、逃げるように立ち去ったらしい」

「なるほど。ところで土師くん、遠藤さんのパソコンのほうはどうでしたか?」

右京が青木と犬猿の仲の同僚に訊いた。

「ログによると、あのPCでおこなった最後の作業が動画のクリーンアップでした。動画データのほうは削除されて残っていません。それから現場で見つかったこのICレコーダーは遠藤さんが持っているものと同じ型です」

土師太が青木が手に入れた公衆電話の防犯カメラ映像をパソコンに表示した。電話をかける遠藤が送話口に押し当てていたICレコーダーを拡大すると、焼け焦げて見つかったICレコーダーと同じ型であることがわかった。

「遠藤さんは動画の音声を使って、なにかしらの形で結城さんを恐喝したのでしょうねえ」

右京の言葉に、伊丹が素早く反応する。

「じゃあ、遠藤さんを殺したのは秘書の結城？」

「ええ。僕はそう考えています」

亘が袴田事務所の事務員から聞いた話を伝えた。

「結城は〈こがらし公園〉のことで、と言われて電話に出ています。ということは恐喝に使われた音声は、あの夜持ち去られた新くんのスマホと関係してる可能性が高い」

「しかし、若槻判事はどう関わってるんです？」

麗音が疑問を呈すると、右京が一昨日の目撃談を披露した。

「〈こがらし公園〉で一連の事件が起こった夜、僕はたまたまレストランで袴田代議士を見かけたのですが、個室にはサービスプレートが三枚置かれていました。つまり、袴田代議士は経友連事務総長の藤原氏と一緒に三人目の誰かを待っていた。その三人目が若槻判事だったとしたら……」

「相変わらずご明察ね。杉下さんのお察しのとおりよ」

割って入ったのは、いつの間にか現れた社美彌子だった。

「社内閣情報官！」

声を上げる青木を無視して、美彌子が続けた。

「でも、これはご存じかしら？　経友連の藤原さんは近く勇退して、〈キャピタル鉄道〉の会長に就任することが決まっている」

「若槻判事は記憶を失っても、〈キャピタル鉄道〉の子会社〈デイリーハピネス〉のことは覚えていた」

亘の言葉を受けて、右京が推理を働かせた。

「もしかしたら、若槻判事は〈デイリーハピネス〉裁判の担当裁判官なのではありませんか？」

「ええ」美彌子が認めた。「小法廷五人の裁判官のうちのひとりよ」

「なんですか、その〈デイリーハピネス〉裁判って」

「〈デイリーハピネス〉って、たしか駅の売店ですよね」

事情がわかっていないようすの伊丹と土師に、右京が説明した。

「その売店で働く半数以上が非正規雇用の社員なんです。正社員と同じ仕事をしているにもかかわらず、基本給が非常に安く、十五年以上働いても退職金はゼロ。それで非正規社員たちが待遇格差の是正を求めて裁判を起こしているんです」

麗音はその裁判の重要性がまだわかっていなかった。

「その裁判って、与党政調会長の袴田代議士が動くほど、重要なんですか？」

右京が丁寧に説明する。

「二〇二〇年四月、同一労働同一賃金を掲げたパートタイム・有期雇用労働法が施行されました。今後は多くの訴訟がなされ、その判例の積み重ねがこれからの社会の規範を作っていくわけです」

「もちろん個々のケースで状況は異なるけれど、財界には藤原さんのように、これまでと変わらず人件費を安く抑えるために、不当な待遇格差にも目をつぶってほしいと考えているグループがいるのよ」

美彌子が補足すると、青木は皮肉を言った。

「役員報酬の方は、欧米並みに引き上げたいとか言ってるくせに」

美彌子がさらに暴露した。

「そういうグループの人たちのために、袴田代議士は五人の判事のうち、三人を懐柔すれば、経営者側に有利な判決を確約できると考えてる」

伊丹が舌打ちした。

「子供の貧困をなくすとか、善人ヅラしやがって」

「あの夜、袴田代議士は次期〈キャピタル鉄道〉会長の藤原氏に若槻判事を引き会わせるつもりで結城さんを迎えに行かせた」

右京の推理を、亘が受け継ぐ。

「ところが若槻判事は結構骨のある人物で、担当裁判の利害関係者が来ると知って会うことを拒んだ」

「事が公になれば、あからさまな司法介入だから、本来なら閣僚クラスでも起訴される案件よ。でも、袴田代議士は世襲三代目で、官邸の中枢に食い込んでいる。言っておくけど仮に秘書がすべてを自白したとしても、検察は袴田を起訴しない。全部秘書が勝手にやりました、で終わりよ」

「そうなるでしょうねえ」と右京。「しかし社さん、どうしてその話をわざわざ我々に？」

「袴田代議士ね、官邸にあれこれ、ありがたくもない助言をするのよ。たとえば、内調にはこの案件に触れないよう釘(くぎ)をさしておいたほうがいいとか……」

「なるほど。つまり……」

右京が言う前に、美彌子が言った。

「ええ。あの人がいると、風通しが悪くなるのよ。あとはよろしく」

嫣然と微笑んで美彌子が立ち去ったところで、亘が右京に訊いた。

「どう手を打ちますか？」

右京が右手の人差し指を立てた。

「ひとつ方法があります。ただ、その前に確かめたいことが……」

別室で待機する峰岸瑛子と聡の親子のもとに特命係のふたりが行くと、聡が駆け寄ってきた。

「杉下さん、冠城さん、新を助けて！」

瑛子が不機嫌そうに立ち上がる。

「聡は塾の時間なんですよ。あんな子のためになんでうちの聡が……」

瑛子の小言を亘が、語気を強めてひと言で封じた。

「少し黙っててください」

右京が聡に向き合った。

「新くんを助けるためには、君の協力が必要なんです」

「僕、なんでもするよ」

「向こうで話しましょう」右京は瑛子と距離を取ってから、聡に訊いた。「一昨日の夜、〈こがらし公園〉で動画を撮りましたね」

「はい」

「君のスマホで、ですね？」聡が黙ってしまったので、右京は説得にかかった。「新くんのスマホで撮ったことにしよう。そう、新くんが言ったのではありませんか？　新くんは君を守るためにそう言ったんです。新くんを助けるために、本当のことを話してください」

ようやく聡が話しはじめた。

「男の人たちが言い争ってるのを、僕のスマホで撮ってたんです。見つかって隠れているときになくしてた新のスマホが鳴って、男の人がそれを持っていって……」

「君のスマホの動画は？」

「マメさんが消しちゃいました」

亘が結城の写真をスマホに表示した。

「新くんのスマホを持っていったのはこの人だよね？」

「うん。そうです。この人です！」

「どうもありがとう」

右京は聡に礼を述べて廊下に出た。亘が右京のあとを追った。

「動画の中の結城の口論の相手というのは、袴田代議士ですね」

「おそらく袴田さんが当初から事件に関与していたことを示唆する場面が録画されてい

たのでしょう」

「遠藤さんは危険な動画だとわかっていて、SDカードから消去したんですね」

「ええ」右京がうなずく。「しかし結城さんは今も、袴田さんの関与を示す動画が、新くんのスマホに入っていると思い込んでいます」

八

「袴田代議士を警視庁に呼びつける⁉　あの方はおじいさまの代からの議員一族で、与党の政調会長だぞ！」

刑事部長室に押しかけてきた右京、亘、伊丹、芹沢、麗音、青木を前に、参事官の中園照生（てるお）は及び腰だった。

右京がさらに説明を加えた。

「袴田代議士はいざとなれば、秘書の結城さんがすべて勝手にやったことにする。それを結城さんもわかっているのでしょう。ですから保険として、新くんのスマホを破棄せずに持っているはずです」

「しかし、その子のスマホには動画は入ってないんだろ？」

「ええ。どんなに新くんが聡くんの身代わりになろうとしても、ないものはないと言うしかない。しかし問題は、結城さんがそれをどう思うかです」

「ないと言われて、結城が信じると思いますか？」

亘に問われ、中園は「そりゃ、信じないだろうな」と答えた。

「もし参事官が結城さんの立場だったとしたら、どうなさるでしょう？」

右京に促され、中園が想像を巡らせた。

「当然スマホを開けて、中に動画があるかどうか確かめるな」

「そのためには、スマホの電源を入れなければならない」

亘が言うと、青木が前に出た。

「その瞬間、この僕がGPSでスマホのありか、つまり結城秘書の居場所を特定し……」

伊丹が青木を押しのけた。

「ただちに我々が現場へ向かいます」

それでも中園は難色を示した。

「しかし、スマホを開ければ、動画が入ってないことはすぐにバレるだろう。そうなれば、すでにひとりを殺している結城は、ふたりを道連れになにをするかわからんぞ！」

そこで右京が作戦の肝の部分を明かした。

「そうさせないために、新くんのスマホの電源が入った瞬間に、袴田代議士から新くんのスマホに電話をかけてもらいます」

「はあ⁉」

「結城さんは驚いて、必ず電話に出るはずです。勝手に暴走した秘書を説得してもらいたい。そう頼めば、人命が懸かっています、袴田代議士は絶対に断れない。その通話の過程で、袴田代議士の関与を立証します」

右京の作戦を聞いても、中園は尻込みした。

「しかし、仮に結城が遠藤殺しを自白したとしても、袴田代議士が知らないと言えばすべておしまいだぞ」

「わかっています」

これまで沈思黙考していた刑事部長の内村完爾が決断を下す。

「やってみろ」

「えっ？」

中園ははしごを外されたような顔になったが、内村の正義は揺るがなかった。

「人の命が懸かっている。しかもひとりは、友達を庇った十二歳の少年だ。正義のために、思う存分にやれ」

若槻と新はどこかの廃工場で捕らわれの身となり、縄で椅子に縛りつけられていた。

「新くん！　新、おい！　コラッ！」

若槻に呼びかけられ、新が意識を取り戻す。

「湊さん……」

「ああ、気づいたか。大丈夫。すぐに助けが来る！　新くん、私ね、記憶が戻ったんだよ」

「えっ？」

「私はね、私なんだよ。大丈夫さ。君、言ったじゃないか。思い出したら、なんでもできるって」若槻は力を振り絞って縄をほどこうとしたが、叶わなかった。「できないこともあるね。だいたいな、君は関係ないんだ。私のせいでね、巻き込まれたんだよ。申し訳ない。こうなったらね、君のことはね、命を懸けてね、守るよ」

「湊さん、違うんだ……」

そこへ結城が入ってきた。若槻が大声で命じる。

「結城くん、新くんを解放しなさい！」

結城は受け流し、新に向かってなぶるように言った。

「お前が余計なことをするからだ。自業自得だ。あんたもですよ、若槻先生！　こうなりゃ地獄まで付き合ってもらいますよ」

内村は警視庁の地下駐車場で、袴田を丁重に出迎えた。

「このたびはご足労いただきまして……」

袴田が公用車から降り立った。

「うちの結城がとんでもないことを……」

「こちらです」

麗音が袴田を捜査本部まで案内した。捜査本部に入った袴田の前に、右京が立つ。

「特命係の杉下です。秘書の結城さんは自分が勝手にしたことで、袴田先生に迷惑がかかるのを恐れているはずです。彼が自暴自棄にならないよう、警察にいることは内密に」

「わかりました。結城はこのところ、ずっとようすがおかしくて。おそらく尋常な精神状態ではないでしょう。なにを口走っても真に受けないでください」

「もちろんです。捜査のために一応、会話を録音したいのですが、よろしいでしょうか?」

「無論、構いません」

青木が機器の使い方を説明する。

「こちらのボタンを押しますと、電話が繋がって、向こうに先生のスマホの番号が表示されます。マイクはこちらをお使いください」

ぴんと張り詰めた空気の中で、しばらく待っていると、モニターを見ていた青木が言った。

「電源が入りました。場所は台京区中原五の三の一」

連絡を受け、車に乗って待機していた伊丹と芹沢、別の車で待機していた亘が競うように車を発進させた。

捜査本部では右京が袴田に言った。

「袴田先生、お願いします」

袴田がボタンを押すと、やや間があって、結城が電話に出た。

――袴田先生……。

「私だ。いいか結城、よく聞くんだ。早まったまねはよせ。子供を解放するんだ」

――今さら……。

「お前が子供を連れ去るのが目撃されているんだ。その子の友達が見ていたんだ」

――どうしてそんなことを先生が知ってるんです？　先生は警察に協力してるんですね？

右京が袴田に代わって話しはじめた。

「警視庁特命係の杉下です。結城さん、そのスマホにあの夜の動画は入っていません。動画を撮ったのは新くんではないんです。つまり、そこに袴田さんの関与を証明する音声は入っていないということです。結城さん、今、電話を切れば、袴田さんは殺人も誘拐もすべてをあなたに押しつけて、事を終わらせてしまいますよ！」

「こちらはまたずいぶんと豊かな想像力をお持ちのようだ」

嘲る袴田には構わず、右京はマイクに向かった。

「結城さん、あなたは今日の昼に事務所を出て以来、袴田さんと連絡を取っていない。一昨日の晩になにが起こったのか、切り捨てられるとわかっていたからですよ。しかし、動画を持っていなければ、あなたにはもうわかっているはずです。違いますか？」

結城は右京が若槻のことを話しているのを察した。右京は続ける。

「あなたの役目は、若槻判事を袴田さんと経友連の藤原さんの待つ店に連れて行くことだった。だが目的を果たせず、あの夜の動画を手に入れた遠藤さんに脅されたんですね？そして袴田さんに命じられて、あなたは遠藤さんを殺した」

——そうです……そのとおりです。

袴田が机を叩いて立ち上がった。

「そんなことを信じるほど、世間はおめでたくないよ！　そもそも私も藤原さんも若槻判事に会う約束などなかったんです。藤原さんにお聞きになってみるといい。殺人犯の言葉と経友連事務総長の言葉と、世間はどちらを信用するでしょうかね？」

「そういうことでしたらぜひ、若槻判事にも聞いてみる必要がありますねえ。僕が昨日お会いしたときには、元気におそばを召し上がっていました」

右京の言葉を、袴田がせせら笑った。

「でたらめもそこまでいくと傑作だな。死人にそばは食えないよ」

「今、なんとおっしゃいましたか？」

「だから、死んだ若槻判事がそばなど食えるわけないだろうが！」

「若槻判事が死んだなどということは、新聞でもテレビでも報じられていません。そしてそれは事実でもない」

袴田の顔色が一瞬にして変わった。

「なんだと！」

「しかし一昨日から今日までの間、若槻判事が死んだと思い込んでいた人物がふたりだけいます。遠藤さんに騙されたふたりです。そしてそのふたりが遠藤さん殺害を企てた。結城さん、そのふたりとは誰ですか？」

——私と……袴田です。

結城の答えを聞いて、右京が袴田に向き合った。

「もうおわかりですね、袴田さん。あなたはたった今、一連の事件への当初からの関与をご自分の言葉で証明したんですよ」

それでも袴田はしらばくれようとした。

「なにか誤解があったようだな。私は若槻判事が死んだなどと言った覚えはない」

「お忘れですか？　この会話はあなたの許可を得て、録音されています」

そのとき亘の車が台京区の廃工場に到着した。亘が部屋に入ったとき、結城はナイフを自分の喉に向けていた。しかし、亘に制され、観念してナイフを床に落とした。

「もう大丈夫だ」

亘が新の縄をほどいたとき、伊丹や芹沢たちが駆け込んできた。伊丹が逮捕状を結城に突きつけた。

「結城宏、遠藤佑人さん殺害及び早瀬新くん、若槻正隆さん、略取誘拐容疑で逮捕する」

自由の身となった新は、若槻に抱きついた。

「湊さん！」

「おっ！　まずは縄ほどこうか」

新と亘が若槻の縄をほどいている間に伊丹が内村に連絡した。

「ふたり、無事に保護しました」

――ご苦労。よくやった。

「袴田代議士、取調室のほうへお越しいただけますか？」

右京の要請に対し、袴田は傲然と言い放った。

「警察官ごときになにがわかる。この国の経済を動かすには、低賃金で働く労働者が不可欠なんだ」

右京が真っ向から反論した。

「国の経済……。僕にはあなたとあなたのお友達の経済にしか思えませんがね」

「国力を高め、国を豊かにするために必要なものを確保する。それが為政者の仕事だ」

「なるほど。あなた方にとって、低賃金で働く労働者は国民ではなく、ものというわけですか。たしかに彼らは、あなた方のようになにかあればすぐに病院の特別室に入れるわけではない。しかし、そんな人々にも大事な家族や生活がある。どんな人にも守りたいと願うそれぞれの幸せがあるんですよ！」

声を荒らげる右京を、袴田は鼻で笑った。

「それこそ、自分でどうにかしたらいいんじゃないのか？」

「そうでしょうか？　十二歳の少年がなにもかも受け入れて諦めて、この世は自己責任だと言ったそうです。困ったときに助けを求めることすら、恥ずかしいことだと思い込まされている。それが豊かな国と言えるでしょうか？　公正な社会と言えるでしょうか？　袴田さん、あなたは自分と自分の仲間以外はモノとしか思っていない。自分たちの利益しか考えないあなたのような愚かな権力者たちが、このような歪んだ社会をつくったんですよ」

袴田は憎しみのこもった目で右京を睨みつけた。

「杉下とか言ったな……。お前とはいずれ決着をつけなければいけないようだ」

右京は一歩も引かなかった。

「望むところです」


警視庁の会議室で、新が自分のスマホを大事そうに握っていた。

「それを取り戻すのにずいぶん無茶したな」

亘の言葉を受け、新が写真を見せた。

「大事な写真がたくさん入ってるんだ」

どれも聡と一緒に写った写真ばかりだった。

「この写真のためにね……」

「俺が聡と友達でいられるの、今しかないから」

そこへ右京が、聡と瑛子を連れてきた。

「新！」聡が目に涙を浮かべて新に飛びついた。

「泣くなよ。大丈夫だって」

「ごめん……」

亘が右京のそばに移動した。そして昔話を語りはじめた。

「右京さん、俺にも新くんみたいな友達がいたんです。和也っていって。似たようなことがあって、和也、俺のこと、遠ざけようとしてて。俺、嫌われたと思ったんです。で、そのあと、すぐに和也が転校することになって。ずっと友達。そう伝えて葉書を渡したかったんです。葉書で新しい住所を送ってもらったら、手紙だって書けるし、休みの日に遊びにだって行ける。でも、あの頃の俺には渡せなかったんです。それを今でも後悔してて……」

「子供の頃のことは忘れられませんよねえ。でも、彼らはきっと」

「ええ、そうですね」

右京が新と聡に目をやった。ふたりは今ではふざけあっていた。

そこへ麗音に案内されて、由梨が入ってきた。由梨は早瀬君枝が座る車椅子を押していた。

「新！」

「ばあちゃん！」

「ああ、よかったねえ……」

孫の頭を撫でる君枝に、瑛子が近づいて頭を下げた。瑛子は聡から詳しい事情を聞いていた。

「すみませんでした。私が間違っていました」

「いいんですよ。もう済んだことです」

瑛子は新にも謝った。

「新くん、ごめんね。これからも聡と仲良くしてね」

「うん」新は力いっぱいうなずいた。

そしてそこへ、伊丹と芹沢に案内されて若槻が入ってきた。湊健雄を名乗っていたときとは別人のように、しゃんとした身なりだった。

「杉下さん、冠城さん、どうもありがとうございました」

「この数日間は大変な経験をされましたね」

右京の言葉に、若槻は「いやあ、今回のことで私は勉強になりましたね」と返した。

「そうかがえてなによりです」

亘が由梨に改めて若槻を紹介する。

「姉さん、こちら、最高裁判所判事の若槻正隆さん」

「ええっ！　わーくん、どうしよう！　判事最高裁判所⁉」

「まあ落ち着いて……それから、わーくんはやめてください」

若槻が由梨に頭を下げた。

「由梨さん、どうもお世話になりました」

「いえいえ。なんのお構いもできませんで」

「とんでもないですよ。おそばとか飲食代ね……」

と、新が若槻の前にやってきた。

「湊さん、今度ばあちゃんとデートしてくれない？」

「なに言ってるの……」

若槻と君枝が照れ、その場が笑い声で満ちた。

その光景をドア口から内村が見ていた。

「こういうときだな……警察官になってよかったと思うのは。我ながらいい仕事をした」

「そ、そうですね」

中園が当惑しながら同意した。


年が明け、元日の夜、家庭料理〈こてまり〉には、甲斐峯秋と右京と亘の姿があった。

「どうぞ」

小手鞠から酌(しゃく)をしてもらいながら、峯秋が恐縮した。

「元日の夜から悪いねえ。しかも貸し切りなんて」

「年の瀬は不義理しちゃいましたから」

「君も古い話をするね。あれはもう去年のことだよ」

笑いあうふたりを見ながら、右京が猪口を口に運ぶ。

「しかしあの日、小手鞠さんが最初に断ってくれなかったら、事件は解決できなかったかもしれませんねえ」

「あら？　じゃあ、私、大活躍ってことかしら」

「知らないうちに誰かの役に立って……」

亘の言葉を、右京が受ける。

「知らないうちに誰かに助けられている」

峯秋がふたりの会話を耳にして言った。

「へえ、まったく君たちふたりというのは全然違うようでいて、妙に気が合ってるね」

「じゃあ、乾杯しましょうか」

亘の提案で、全員が各々の酒器を手にした。

「では、今年がよい年になりますように」

右京が音頭を取り、小手鞠が声を張った。

「乾杯！」

「第十話
お宝探し」

一

都下の古びた一軒家で男の遺体が見つかった。被害者はそこに住む安岡宏（やすおかひろし）、六十三歳。鈍器で殴られたらしく、頭部に大きな裂傷があった。

すでに警視庁捜査一課の面々が集まり、慌ただしく捜査をおこなっていた。

遅れて臨場し遺体に目を留めた伊丹憲一に、同僚の後輩刑事、芹沢慶二が報告した。

「死亡推定時刻は昨夜の九時から十一時。死因は脳挫傷だと」

伊丹は遺体のすぐそばに転がる重そうな木彫の花瓶に視線を転じた。花瓶には血の染みが認められた。

「こいつで殴られたか」

「被害者、所轄の生活安全課の刑事だったようですね」

「ああ、逆恨みのお礼参りってことかもしれん。ふざけやがって……」

伊丹が舌打ちしているところへ、出雲麗音が中年男性を連れてやってきた。

「第一発見者の村上（むらかみ）さんです」

伊丹も芹沢も、その男が同業者であることがすぐにわかった。

「どうも」

芹沢が頭を下げると、村上が自己紹介した。

「世田谷西署の村上です。安岡主任とは定年まで一緒に仕事をしていました」

「安岡さんが勤めていた警備会社から連絡があったそうですが？」

伊丹が水を向けると、村上がうなずいた。

「はい。身元保証人になっていましたので。連絡がつかないというのでようすを見に来たら、こんなことに」

「最近、安岡さんと連絡は？」芹沢が訊く。

「それが三年前、定年後すぐに主任の奥さまが亡くなって、そのお葬式でご挨拶したのが最後で……」

そこへ神出鬼没の変わり者警部、特命係の杉下右京が姿を現した。

「では、ユアライバーになったことはご存じなかった？」

ユアライブという動画投稿サイトに動画をアップして多くの視聴者を獲得し、閲覧数によって広告収入を得る人たちをユアライバーと呼ぶ。伊丹には場違いな話にしか聞こえなかった。

「警部殿、いったいなんの話ですか？　現場をお間違えじゃないんですか？」

「間違いないと思いますけどね」

右京の相棒の冠城亘がスマホにユアライブの動画を表示して、再生した。

「埋蔵金ハンター、ここ掘れワンワン！」

タイトルコールの後、洞窟の入り口のような場所に、赤いつなぎに身を包んだ初老の男が現れた。

「ここ掘れワンワン1号」

続いて緑のつなぎを着た太った中年男が登場した。

「2号」

さらに青いつなぎに眼鏡（めがね）をかけた初老の男が出てきた。

「3号です。赤城山（あかぎやま）にあるこの洞窟での発掘調査も五回目となりました。今回はさらに奥まで進んでみたいと思います」

三人ともヘッドライト付きのヘルメットをかぶり、シャベルを手にしている。この3号こそが、殺された安岡に違いなかった。

「なんですか、これ？」

麗音の質問に、亘が答える。

「ユアライブに投稿されている、徳川埋蔵金発掘の動画です」

右京が補足した。

「彼らは〈ここ掘れワンワン〉と名乗り、二年ほど前から動画の投稿をはじめています。この最後の動画が配信されたのは一週間前」

亘が再び動画を見せた。画面には三人の男たちが地蔵を発見し、興奮するようすが映っていた。「新たな手がかりを発見！」「次回ついに埋蔵金発見となるか⁉」と視聴者をあおるようなテロップが躍っている。

芹沢はすっかり呆れていた。

「まったく、なんにでも興味をお持ちなんですね」

「まあ、そこは同感」亘が同調した。

「じゃあ、杉下さんは埋蔵金絡みの殺人だとでも？」

麗音が右京に水を向けたが、応えたのは伊丹だった。

「んな馬鹿な。そんなことに付き合ってないで、さっさと聞き込みに行くぞ」

「はい！」

三人が家から出ていくと、亘が室内を見回した。

「しかし、元生安課の刑事がなぜ〈ここ掘れワンワン〉っていうのに入ったんですかね？気になるとこですね」

「ですが最近は定年後の第二の人生としてユアライバーになるシニアが増えているようですよ」右京は言いながら、コルクボードに貼られたメモに目を走らせた。「十四日……安岡さんは明日、予定があったようですね」

メモには、「14日11時金色庵（こんじきあん）」と書かれていた。

亘はさっそくスマホで検索した。

「赤城山のふもとに〈金色庵〉というそば屋が……」

右京がお得意の推理力を発揮する。

「〈ここ掘れワンワン〉の集合場所でしょうかねえ？」

「やはり右京さんは埋蔵金絡みの殺人だと？」

「冠城くん。江戸城無血開城の際に徳川幕府が隠匿したとされる埋蔵金は、一説では四百万両、現在の価値でいえばおよそ二十兆円ともいわれています。もし発見となれば、そのことで殺人事件が起きたとしても不思議ではありませんよ」

右京が真顔で返した。


翌日、警視庁の会議室で安岡殺害事件の捜査会議がおこなわれていた。

伊丹が前に立ち、現在の捜査状況を説明する。

「安岡元警部補は定年後、都内の警備保障会社に勤務。半年前より週三日ほど〈東堂エステート〉という不動産会社で警備をしており、殺害当日も夜八時まで勤務していました」

さらに芹沢が補足した。

「現在、現場周辺の聞き込みと並行して、安岡元警部補が関わった事件で逆恨みの動機を持った人物の洗い出しを進めています」

「はい」そのとき会議室の後方で挙手する者がいた。亘だった。亘は立ち上がって発言した。「ユアライブに投稿されている動画が原因で殺害されたという可能性はないでしょうか？」

捜査会議を指揮していた参事官の中園照生が顔を顰めた。

「冠城！　なんでお前がここにいるんだ！」

「まあ動画の存在に気づいたの、我々だったもので。〈ここ掘れワンワン〉のメンバーの身元、割れたのかな？と思いましてね」

中園が怒りの矛先を、亘からサイバーセキュリティ対策本部の特別捜査官、青木年男に向けた。

「青木、どうなんだ？」

青木が自信たっぷりに答える。

「メンバーはいわゆる身バレしていない状況ですが、まあ僕にかかれば秒で特定できるかと！」

「だったら、言われる前にやっておかんか！」

「はい」中園から叱責され、青木が亘を睨みつけた。「ったく余計なことを！」

中園は亘の横にいつもいる人物がいないことに気づいた。

「おい、冠城！　杉下はどうしたんだ？」

「ウゥ〜、ワンッ！」

亘は犬の鳴き声を巧みにまねた。

〈金色庵〉は赤城山麓の静かな集落の中にあった。しかし、戸口には「本日休業」のプレートが掛かっていた。駐車場に停められた〈赤城宝山楼〉の文字が書かれたワゴン車の近くで右京が所在なげに待っていると、休業のはずのそば屋の引き戸が開いた。

「ちょっと！　なにやってるんですか？」

語気も鋭くそう訊いてきたのは、〈ここ掘れワンワン〉の2号、竹内秀雄だった。

右京が顔をほころばせる。

「ああ、やはりこちらが〈ここ掘れワンワン〉の集合場所でしたか」

1号の新井正二が誰何した。

「あんた、誰だ？」

「これは失礼。僕は安岡さんの元同僚で杉下といいます」

「ってことは、警備会社の人か？」

右京が黙っていると、新井は勝手に信じたようだった。竹内が不審そうな目を右京に向ける。

「で、なんの用ですか？」

「実は、安岡さんについてお知らせしなければならないことがありまして」

「ヤスになんかあったのか？」

新井が不安げに質問した。

「昨日、連絡がありまして、自宅で殺されていたと」

右京の言葉はふたりには青天の霹靂だった。

「ええっ！」「嘘だろ⁉」

「いえ、残念ながら」

「ちょっ、ちょっと待ってくれ」新井はショックを隠し切れなかった。「ヤスはいったい、誰に殺されたっていうんだよ？」

「そこは今、捜査中のようですが……。僕は埋蔵金が絡んでいるのではないかと」

「埋蔵金が⁉」

ふたりの声がそろった。

三人は新井が経営するそば屋〈金色庵〉に場を移した。〈ここ掘れワンワン〉の成り立ちを右京に尋ねられ、新井が答えた。

「元は暇潰しでタケちゃんとふたりではじめたんだ。この辺りは、昔から埋蔵金の言い伝えだけは山ほどあるし」

竹内が付け加える。

「で、せっかくなんで掘るだけじゃなくて、これ配信したらバズるんじゃないかなと思って、ユアライブもはじめたんですよ」

「では、安岡さんはこの〈ここ掘れワンワン〉の動画を見て、参加したいと？」

右京の推測は珍しく違っていた。安岡が加わることになった経緯を新井が語った。

「いや、そうじゃなくて。三カ月ぐらい前だったかなあ。中学の同窓会で久々にヤスに会ったときに、赤城山で埋蔵金探してるって話したら、しばらくしてから訪ねてきてよ……」

安岡は骨董屋で見つけたという古地図のコピーを持参していた。かなり詳細な地図で、そこに描かれた洞窟こそ埋蔵金の隠し場所に違いないと安岡は主張した。そして、仲間に入れてくれと、新井と竹内に頼み込んだのだった。

「なるほど」右京が理解した。「それで安岡さんが〈ここ掘れワンワン〉の3号となったわけですか」

新井が話を続けた。

「で、やっと古地図にあった目印の地蔵のある洞窟見つけて、これからだっていうときに、急にやめたいって連絡があってさ。でも、そんなの、俺たち納得できないし、じゃあ、元のふたりで続けるかって……」

「安岡さんからの連絡はいつ？」

「三日前だったかな、たしか」

「はい」竹内もうなずいた。

「三日前といえば、安岡さんが殺される前日です。やはりこの発掘と無関係だとは思えませんねえ。わかりました。かくなる上は埋蔵金を見つけ出して、安岡さんの無念を晴らすしかありませんねえ。私もおふたりの発掘作業に参加させていただきましょう！」

右京の前のめりの姿勢に、新井は少し腰が引けていた。

「強引だね、あんた」

「なにか不都合でも？　ふたりより三人。お力になれると思いますよ」

特命係の小部屋で亘が〈ここ掘れワンワン〉の動画を見ていると、青木が入ってきて悪態をついた。

「おい冠城亘。余計な仕事増やしやがって！」

「あれ、もう特定できたの？　仕事早いね」

亘のお世辞には耳を貸さず、青木が〈ここ掘れワンワン〉のメンバーの正体を暴いていく。

「1号が新井正二。赤城山麓の〈金色庵〉っていうそば屋の店主。で、こっちの2号が竹内秀雄。〈赤城宝山楼〉っていう旅館の跡取り息子だ。どっちも仕事そっちのけで遊んでるような、どうしようもない大人たちだ」

「どうしようもない大人ねえ」

「それだけじゃない。こいつら、ただ目立ちたいだけのパクリ野郎だ」

「パクリ野郎？」

意味がわからず亘が訊き返すと、青木はプリントアウトした動画のコメントの一文を指差した。

「ここ」

「えっ？」亘がコメントを読み上げる。「その洞窟はすでにとある会社の発掘事業によって発掘されているはずです」

「要するに、すでに掘り起こされている場所を掘り起こしてるだけの、どうでもいい、どうしようもない動画だってことだ」

青木はさんざん毒づいて帰っていった。亘はそのコメントの投稿者の名前をしっかり頭に刻み込んだ。

二

右京と新井と竹内は洞窟の入り口に来ていた。新井は赤いつなぎ、竹内は緑のつなぎで動画と同じ格好だったが、右京はいつもと同じくスーツにコート、革靴という埋蔵金探しにはおよそふさわしからぬいでたちだった。

真っ暗な穴をのぞきこみ、右京が声を上げた。

「ほう、この洞窟ですか」右京が視線を地面に転じると、顔面が摩滅して表情がわからなくなった小さな地蔵が目に入った。

「これが古地図にあった目印の地蔵。さあ、参りましょう！」

先頭に立って洞窟に入ろうとする右京を、新井が引き留めた。

「ちょちょちょっ、リーダー、俺だから」

「ああ」右京が大げさに天を仰ぐ。「これは失礼。お先にどうぞ」

コメント投稿者の磯部(いそべ)昭夫(あきお)は大学の教授だった。亘が大学を訪ねると、磯部は気さくに迎え入れた。

「たしかにコメントは私が書き込みました。でも、安岡さんはすでにあの場所が発掘済みだって知ってましたよ」

亘は意外な気がした。

「発掘済みだと知ってた？」

「はい。ここにも訪ねてきて、当時の話を詳しく聞きたいって、それはまあ熱心にメモを取っていましたよ」

磯部がデスクの上に地図を広げた。そして一点を指す。

「ここですね。この場所は元々〈東堂エステート〉の会長が発掘していた場所で……」

「〈東堂エステート〉の会長が？」

「ええ。私も協力しましてね。社を挙げて、一年がかりの大仕事だったんですが、会長の意向で突然、発掘が中止になったんですよ」

「突然中止、ですか……」

なにか特別な事情があるに違いない。亘は次のターゲットを決めた。

新井と竹内がシャベルで洞窟内を掘り返している間、右京は懐中電灯で辺りを探っていた。

発掘作業に疲れた竹内が、右京に文句を言う。

「ちょっと杉下さん！　自分から参加したいって言ったわりに、全然掘ってないじゃない！」

「やりたいのは山々ですが、あいにく今日はこんな格好ですしねえ」

「ったく」新井が愚痴る。「なにがふたりより三人だよ！」

亘の次のターゲットは〈東堂エステート〉の会長、東堂元信だった。広々とした会長室には日本画や仏像、掛け軸などが飾られており、東堂の趣味をうかがうことができた。応接セットのゆったりとしたソファに深く腰を下ろし、東堂は笑った。

「あのときは古物商に古地図を見せられて、すっかりその気になってしまってね」

「ですが、急に発掘を中止されたと聞きましたが……」

「役員たちに、いい加減、道楽に会社の金を使うのはやめてくれと言われて……。実際、出てきたのはガラクタばかりで、急に熱も冷めてしまったよ」

「ちなみにこの動画のこと、ご存じでした？」

亘がスマホに表示して再生した〈ここ掘れワンワン〉の動画を、東堂は老眼鏡をかけてからのぞきこんだ。

「ああ。発掘を手伝ってもらった社員に聞きましたよ。こんなところにはなにも埋まってないのに。まあ、せいぜい頑張ってもらいたいね」

亘が眼鏡をかけた3号を指した。

「この男性、安岡宏といって、数日前までこちらで警備員として働いていたんですが」

「うちで働いていた？　見覚えはないな」

「一昨日の夜、何者かに殺害されました」

「殺された⁉」

「ええ、それで安岡さんはどうしてこの場所に目をつけたのか、心当たりがないかと」

東堂は宙を見つめて記憶を探った。

「そういえば三カ月ほど前、この部屋を整理して、使わない書類を倉庫に運ばせたことがあって。その中に埋蔵金発掘プロジェクトの資料も入っていた。おそらくそれを見たんじゃないだろうか。きっと、もっと先へ掘り進めば埋蔵金が出るかもしれないとでも思ったんだろうね」

「その資料、拝見できますか？」

亘が申し出る。

「そりゃ構わないが……なにかの役に立つのかね？」

東堂が立ち上がり、内線電話のボタンをプッシュした。

「今回の安岡さんの事件は、埋蔵金発掘となんらかの関係があるのではないかと」

「それは埋蔵金が出た場合の話だろう。しかし残念ながらあの場所にはなにもないんだ。そもそも埋蔵金なんてものは見つからないからこそ、永遠のロマンなんだよ」

そのときドアがノックされ、四十歳くらいの身だしなみのよい男性が入ってきた。

「失礼します。会長、お呼びでしょうか？」

東堂が紹介する。

「息子の憲一です。こちらの刑事さんを倉庫に案内してくれ。埋蔵金の資料を見たいそうだ」

「警察の方ですか」

「どうも」

亘が頭を下げると、東堂憲一は亘をいざなった。

「ではこちらへ」

捜査一課の三人が〈金色庵〉の前で待っていると、竹内の運転する〈赤城宝山楼〉のワゴン車が帰ってきた。

車から降り立った赤と緑のつなぎの男たちを、三人が取り囲む。

「警視庁捜査一課の伊丹と申します。新井正二さんと竹内秀雄さんですね。少しお話……」

最後にワゴン車から右京が降りてきたのを見て、芹沢がぼやいた。

「また出たよ……」

右京は捜査一課の三人を見て、すぐに来意に気づいた。

「なるほど。おふたりの一昨日のアリバイでしたらすでに僕が。夜は竹内さんのお宅でふたりで飲んでいた。残念ながら他にアリバイを証明できる人はいないようですが」

右京の言葉を聞いて、新井が気色ばむ。

「ちょっとあんた、警察だったのか⁉」

「警備員だなんて嘘ついて、俺たちのこと、調べてたのかよ？」

竹内も責めると、右京が弁解した。

「いや、誤解です。僕は安岡さんの元同僚と言っただけです。それにまあ警察と言いましてもね、捜査権もない窓際部署でして」そこで右京は捜査一課の三人のほうを向いた。

「こちらにいらしたということは、お礼参りの線は空振りだったということでしょうか？」

「安岡さん、殺されるほどの逆恨み買うような事件も見当たらなくて……」

特命係の変わり者に情報を与えようとする麗音を、芹沢が制する。

「出雲！」

「はいはい、埋蔵金探しの方はとっととお帰りを」

伊丹が右京を追い払おうとする。芹沢も先輩に倣った。

「おとなしく温泉にでも浸かっててください」

右京が手を叩いた。

「温泉、いいですねえ」

右京は〈赤城宝山楼〉に泊まることにした。右京の部屋の担当になったのは女性従業員の石田貴代美だった。貴代美は接客スタッフにふさわしい明るく話好きな女性だった。

「あら。じゃあ、若旦那と一緒に埋蔵金探しに？」

「ええ。温泉とこちらの名物料理も楽しみたいと思いまして。ああ、安岡さんもよくこちらの食堂に食事に来ていたそうですねえ。竹内さんからうかがいました」

右京が安岡の話題を持ち出すと、貴代美はすぐに食いついた。

「ええ。昼はお食事だけでもご利用いただけるので、よく来られてましたよ。ひと月くらい前からかな。ねえ、明子ちゃん」

貴代美が通りかかった調理スタッフの高橋明子に話しかけた。眼鏡をかけてマスクを着けた明子は、下げた食器を厨房に運んでいるところだった。

「はい？」

「安岡さん。あの若旦那のお仲間の」

「あ、はい。そうですね」

明子は軽く会釈して厨房へ去っていった。貴代美が続けた。

「よっぽど、うちの料理が気に入ったのか、わざわざ調理場にもお礼を言ってくれたりして」

「わざわざお礼を、ですか……」

右京は思案しながら、繰り返した。

亘が特命係の小部屋でパソコンを使って調べ物をしていると、組織犯罪対策五課長の角田六郎がマイマグカップを携えて、コーヒーの無心にやってきた。

「おい暇か？　なんだひとりか。杉下は？」

「赤城山です。埋蔵金探しに一生懸命みたいですよ」

「はあ、物好きなこったな。世田谷西署の安岡さんの件、調べてるんだって？」

「課長、安岡さんと面識が？」

「まあ、薬物絡みの捜査で、何度か顔を合わせた程度だけどな。で、お前はなにを調べてるんだ？」

「安岡さんの仕事先のことがちょっと気になりましてね」

角田が黒縁眼鏡をずり上げて、亘のパソコンをのぞきこむ。亘は警察の検索システムで、〈東堂エステート〉関連の事件を調べていて、行方不明者がいることを知ったばかりだった。髪の長い華やかな感じの女性の名前を、角田が読み上げた。

「行方不明者、東堂沙耶香。誰よ、この女？」

右京は〈赤城宝山楼〉の部屋で、亘とスマホでビデオ通話をおこなっていた。

「なるほど。行方不明ですか」

――ええ。三年前、東堂家の長男である憲一の妻、沙耶香さんの行方不明者届が世田谷西署に提出されました。その直後に、憲一の父親である東堂元信が埋蔵金発掘プロジェクトを中止。そして三カ月前、安岡さんは〈東堂エステート〉で埋蔵金発掘プロジェクトの資料を読んで、〈ここ掘れワンワン〉に加わったようなんです。

いつものことだが、右京は理解が早かった。

「安岡さんは、沙耶香さんの失踪と埋蔵金の発掘中止になにか関係があると考えた……ということですね」

――ええ。安岡さんはただの失踪ではないと睨んでいたんじゃないかと。

「ということは、安岡さんがあの場所を掘っていたのは埋蔵金のためではなく、実はその失踪事件の謎を解くためでしたか……」

亘は、画面に映る右京の顔が少し暗くなったように感じた。

――なんか右京さん、がっかりしてません？

「そんなふうに見えましたか？」

そのとき、右京の部屋の外でなにやら物音がした。

「ちょっと失礼」右京は亘に断ると、そっと移動して、いきなりふすまを開け放った。

そこにはちょっと慌てたようすの竹内の姿があった。

「おや、これは」

竹内が必死に取り繕う。

「お部屋の具合はどうかなって……」

「お蔭さまでとても心地よく。ところで竹内さん、明日のご予定は？」

右京が部屋に戻ってスマホを取り上げたときには、ビデオ通話はすでに終了していた。

三

翌朝、右京は洞窟の前に三脚を立て、スマホで動画撮影をする準備をしていた。服装も発掘にふさわしいものに着替えていた。

「ねえ、これ、撮影までする必要あるの？」

新井は乗り気ではなさそうだったが、右京はノリノリだった。

「〈ここ掘れワンワン〉の動画は意外にも人気なんですよ。ここはひとつ、視聴者の皆さんの期待にも応えたいと思いましてね。では竹内さん、いつものようにお願いします」

右京に促され、竹内は渋々うなずいた。

「はい」

その頃、亘は世田谷西署の村上を訪ねていた。亘は東堂沙耶香の行方不明事件について調べていた。

「行方不明者届が出されたのは、三年前の一月三十日」

村上はその日のことを覚えていた。憲一は息子の祐希の手を引いて、ここへやってきたのだった。

「はい。夫の憲一さんが届けを出しに来たんです。前日の夜から、沙耶香さんが行方不明になっていて連絡もつかない、すぐに捜索してほしいと。沙耶香さんがいなくなったとき、祐希くんは幼稚園のお泊まり保育、憲一さんも出張、いなくなったことに気づかなかったとのことでした。ところがその一週間後、今度は父親の元信さんが署にやって来て……」

安岡と村上の前で、元信はこう言った。

「昨晩、沙耶香さんから私に連絡がありましてね。事情があるから捜さないでほしいと」

「事情っていうのは？」

安岡が探りを入れると、元信は声を潜めた。

「お恥ずかしい話ですが、男と駆け落ちしたようです。捜してほしいと頼んでおきながら、大変申し訳ないが、息子や孫のためにも大事にしたくないんです」

村上の話を聞いた亘は首をひねった。

「うーん。なんだか妙な話ですね」

「はい。安岡さんも同じ思いだったようで、仕事の合間を見ては、ひとりで沙耶香さんの失踪について調べていたようなんです」

「でも解決できないまま、安岡さんは定年を迎えてしまった」

「そのとおりです」

亘が捜査資料をめくっていると、資料からはがれたらしい男の写真が出てきた。遊び人風の若い男だった。

「この男は？」

「ああ、たしか沙耶香さんが銀座のクラブでホステスをしていたときに付き合っていた男ですね。ホストだったとか」

亘は写真が貼ってあった場所に書かれた名前を読み上げた。

「熊沢和也（くまざわかずや）……」

その日の午後、竹内の運転する〈赤城宝山楼〉のワゴン車が〈金色庵〉の前に停まった。車から降りてきた新井と右京は顔や服が土で汚れていた。

「タケちゃん、お疲れ。じゃあ俺はこれで」

新井が〈金色庵〉へと入っていく。右京は運転席の竹内に言った。

「では、動画の編集のほう、よろしくお願いします」

「はいよ。でもこんなときに動画なんか配信して、大丈夫かなあ」

苦笑しながら、竹内は〈赤城宝山楼〉へ帰っていった。

新井が〈金色庵〉に入ると、妻の康子が「いらっしゃいませ」と元気よく迎えた。しかし、それが客ではなく、夫だとわかると、たちまち不機嫌な顔になった。

「おい、ビール」

新井は康子に言い、テーブル席に着く。あとから入ってきた右京は恐縮しながら、新井の正面に座った。康子が瓶ビールとグラス二個を音を立ててテーブルに置いた。

「なんだよ、乱暴だな」

新井が文句を言うと、康子が言い返した。

「なにが乱暴よ。お店ほっぽって、馬鹿なことにうつつ抜かして、そんなことが言えた義理？」

「やめなさいよ、お客さんの前でしょうが」

「どうも」

右京が頭を下げると、康子は呆れたように訊いた。

「そちらも埋蔵金の口？」

「まあそんなところでしょうか」

「悪いことは言わない、やめときなさい。じゃなきゃ、こんなんなっちゃうから」

「いいの、埋蔵金探しは男のロマンなの！」

　こんなん呼ばわりされた新井は虚勢を張ったが、康子は無視して調理場へ入っていった。

「奥さま、大丈夫でしょうか？」

　心配する右京に、新井が言った。

「大丈夫、いつものことだから。あんた、女房は？」

「今は独り身です」

「そうか。ヤスと一緒で自由気ままってやつか」

「たしか安岡さんの奥さまは、安岡さんの定年後、間もなくして亡くなられたとか」

「ああ。病気がわかってからあっという間だったらしいよ。よっぽどこたえたのか、俺が女房と口喧嘩（くちげんか）するのを見て、うらやましいなんて言ってやがった。いなくなってくれたほうがよっぽど清々するわって返したら、一緒に飯食う相手も、たわいもない話をする相手もいなくなると、家族がいるっていうのがどれほど幸せなことか、身に染みてわかるって。こうも言っていたぜ。会いたくても二度と会えないっていうのはつらいもんでな、って」

「そんなことがあったんですねぇ」

新井がふたつのグラスにビールを注いだ。

「さあ、ヤスの弔いだ」

「では形だけ」

「献杯」新井が天国の故人をしのんだ。

〈赤城宝山楼〉に戻った右京は、その夜も亘とビデオ通話をしていた。亘の報告を聞いて、右京が言った。

「また行方不明ですか」

――ええ。安岡さんが調べていた熊沢和也という男も、沙耶香さんと同時期に姿を消したままです。安岡さんは、沙耶香さんは駆け落ちではなく、痴情のもつれで熊沢に殺されたと考えてたんじゃないですかね。

亘のスマホはホワイトボードに貼った熊沢の写真に向けられていた。そのため右京にも熊沢の顔が確認できた。

「ですが、沙耶香さんの失踪直後に〈東堂エステート〉の埋蔵金発掘が中止になっていますね」

――なるほど。実は熊沢との関係を知って逆上した夫の憲一が沙耶香さんを殺害し、父親の協力を得て遺体を発掘現場に隠した。

「ええ、そのほうがよほどうなずけます。とはいえ、事件が起きたのは三年前。たとえ沙耶香さんの遺体が出たとしても犯人を特定できる証拠が見つかる可能性は少ない」

——そこで安岡さんは〈ここ掘れワンワン〉を利用した。

「ええ。埋蔵金探しと称する動画を配信することで遺体が掘り出されるのではないかと犯人を追い詰め、動かそうとしていたのでしょうね」

翌朝、本部のある会議室はざわついていた。ユアライブに〈ここ掘れワンワン〉の新しい動画がアップされたのだ。青木がパソコンで動画を再生すると、周りに捜査員の人垣ができた。

洞窟の前に赤いつなぎの1号が登場し、緑のつなぎの2号が続くところまではこれまでと同じだったが、次が違っていた。

「3号代理です」と言いながら現れたのは、他でもない杉下右京だったのだ。

「本日は3号不在のため、私が代わりましてお届けします。どんどん掘っていきましょう！」

動画の中の右京はやけにテンションが高かった。

「おい、なんでこんなことになってるんだ？」

解せないようすの伊丹を、青木がからかう。

「一課の捜査が進まないからじゃないんですか？」

「なに、なに？　今なんて言ったの⁉」

青木につかみかかろうとする芹沢を、麗音が制した。

「もういいですか！　ねっ、見ましょう」

場面はいつしか洞窟の中へと変わっていた。

「妙ですねえ」３号代理が壁や地面を調べている。「掘り返したような跡が見当たらないんですよ」

「あたりめえだろ」１号が声を荒らげた。「そんなものがあったら、誰かが埋蔵金を持って行っちゃった後ってことじゃねえか」

そのとき２号の金属探知機がピピッと鳴った。「ついに埋蔵金発見か⁉」というテロップが現れ、三人はシャベルで地面を掘った。やがて一本のシャベルの先がなにかに当たり、カチンと金属的な音を立てた。３号代理が土の中からなにかを拾い上げた。カメラに映し出されたそれは、ビールの王冠だった。

「王冠か……」がっかりする伊丹に調子を合わせて、誰かが「王冠だな」と応じた。振り返ると、人垣の間から中園がパソコンをのぞき込んでいた。

「杉下はいったいなにをやってんだ？」

「ご覧のとおり、埋蔵金探しに加わったようで……」

「ほう、お宝探しとはロマンがあるなあ……ってなるわけないだろ！　お前ら、こんなもん見てる暇があったら、とっとと犯人(ホシ)を捜し出せ！」

中園が号令をかけた。

「ご馳走さまでした」

右京は食べ終わった朝食の盆を〈赤城宝山楼〉の調理場へと持っていった。そこで働いていた高橋明子に渡す。

「あっ、わざわざありがとうございます」

明子は盆を受け取り、奥へ下がった。

しばらくして右京が旅館の外に出ると、ちょうど亘の車が到着したところだった。

「お待たせしました」

亘が持ってきた古地図を右京に渡す。

「どうもありがとう。では行きましょうか」

ふたりが向かったのは、洞窟の入り口だった。右京がそこで古地図を開いた。

「一昨日、昨日と掘り進めてみましたが、遺骨のかけらはおろか、以前の発掘の痕跡すら見当たりません。安岡さんはこの古地図から発掘場所を特定していたはずなんですがねえ……」

「磯部教授から写真も借りてきました」

亘が発掘現場の写真を数枚、右京に渡した。一枚の写真には洞窟の前に立つ地蔵が写っていた。右京はその写真と目の前の地蔵を見比べて、歯噛みをした。

「ああ、僕としたことが……」

しばらくして、ふたりは洞窟の前で動画の撮影をはじめた。亘がスマホで撮影し、右京がナレーションを開始する。

「みなさん、こんにちは。埋蔵金ハンター〈ここ掘れワンワン〉3号代理です」

亘がスマホのカメラを自分に向けた。

「カメラ担当は、4号です」

「本日は重大ニュースがあり、初の緊急ライブ配信をすることになりました！　我々はこれまで埋蔵金のありかを示すとされるこの古地図を元に、この地蔵を起点に場所を特定し、発掘を進めてまいりました。ところがなんと、この地蔵が何者かによって動かされていたことが判明しました！　そこで我々は再びこの古地図を調べ直しました。そしてようやく、埋蔵金が眠っている本当の洞窟を発見しました！　行きましょう！」

いったん後ろを向き走り出した右京が、突然振り返る。

「今日はここまで！　明日改めて発掘のもようをライブでお伝えします。どうぞお楽しみに！」

「カット！」

亘が合図を出し、撮影は終了した。

ふたりが〈赤城宝山楼〉に戻ると、新井と竹内が待ち構えていた。

新井が右京に詰め寄った。

「おい、どういうことなんだよ！」

「動画で言ったとおりです。調べ直したところ、埋蔵金が埋められた場所が違っていたとわかりまして」

「じゃあ、すぐにでもそこに案内してくれよ！」

迫ってくる竹内に、右京が反論した。

「あそこを見つけたのは僕たちですから」

「どうも、4号です」亘が挨拶した。

「どうぞあとは我々がやりますのでご心配なく」

右京はそう言い残し、旅館の中に入っていった。亘も続いた。

亘が撮影した動画に音楽やテロップを入れて、ユアライブにアップしたのは青木だった。青木が特命係の小部屋で動画を再生していると、亘から電話がかかってきた。

——どんな感じだ？

「ああ。再生回数、爆上がりだ。僕のあおりのおかげだ。感謝しろ、冠城亘！」

青木が電話を切ると、角田が入ってきて動画をのぞき込んだ。

「これで警部殿もユアライバーに転職か！」

四

その夜、洞窟の前で右京と亘が張り込みをしていると、何者かが懐中電灯の光を頼りに山を登ってきた。

懐中電灯の光の前に、右京が立った。

「おや、こんな時間にお宝探しですか？」

その人物が逃げようとすると、亘がライトをつけた。その明かりを人影に向ける。現れたのは黒ずくめの服装をした高橋明子だった。

右京が明子の前に立ち、種明かしをする。

「明子さん……いえ、東堂沙耶香さん。この一カ月ほど、安岡さんが〈赤城宝山楼〉の食堂に通っていたというのが気になりましてね。今朝、朝食のあとに確かめさせてもらって、確信しました」

口をつぐむ沙耶香を、亘が追い詰めた。

「この洞窟に、熊沢和也の遺体を埋めたんですね」

数時間後、群馬県警の捜査員が洞窟内を捜索し、白骨化した遺体を発見した。

翌朝、右京と亘はアポも取らずに東堂元信を訪ねた。

「突然、申し訳ありません。警視庁特命係の杉下です」

元信は慌てるでもなく、亘に訊いた。

「君の上司ですか？」

「ええ。そういうことです」

「なんのご用でしょう？」

右京が粛々と告げる。

「御社が以前埋蔵金発掘プロジェクトをおこなっていた赤城山の洞窟から、白骨化した遺体が発見されまして……」

「遺体？」

「ええ」亘がうなずいた。「歯型から三年前に行方不明になった熊沢和也だと判明しました。熊沢はご存じありません？」

「いや、知らないなあ」

しらばくれる元信に、右京が訊いた。

「では、東堂沙耶香さんのことは？」

「もちろん知ってる。息子の嫁だった女性だ」

「嫁だった、というのは？」

「何年も前に男と駆け落ちして、子供を捨てて家を出て行ったんでね」

「そうでしたか」と右京。「ですが、遺体の場所を教えてくれたのはその沙耶香さんです。熊沢の殺害も自供しました」

沙耶香は群馬県警の所轄署で、自供したのだった。

「熊沢から、闇金の借金で首が回らなくなって、五百万貸してほしいって頼まれました。そんなお金ないからって断っても、何度も電話してきて……」

断ると、息子の祐希に危害を加えることをにおわせて沙耶香を脅した。仕方ないので金を渡して終わりにしようとしたが、東堂家にやってきた熊沢は沙耶香に伸しかかってきた。必死に抵抗するうちに、灰皿で熊沢を殴り殺していた。

その話を右京から聞いた元信は、内線電話のほうへ向かった。

「そういうことなら、憲一に話してもらったほうがいいだろうね」

右京がそれを止めた。

「いえ、東堂さん。あなたに聞いていただきたいのです」

「私に？」

「三年前、熊沢の遺体を発掘現場に埋め、沙耶香さんに姿を消すよう命じたのは、あなただからですよ」


元信の脳裏に三年前の悪夢が蘇った。帰宅すると、リビングに熊沢の遺体が転がっていたのだ。傍らでは沙耶香がガタガタと震えていた。

「お義父さん、すみません！　お金まで用意していただいたのに……。私、警察に行ってきます。本当にすみません。祐希だけはお願いします」

泣き崩れながら訴える沙耶香の声は今も鼓膜の奥で響いていた。そんな沙耶香に元信は「警察に行く必要はない」と言い、遺体を赤城山麓の洞窟へと運んだ。

元信には勝算があった。ちょうど埋蔵金発掘をやめようと考えていたところだったので、そこに埋めて目印の地蔵も動かしてしまえば、遺体が見つかることもないと踏んだのだ。しかし、どんな物好きが現れないとも限らない。万が一のために沙耶香をその土地に住まわせ、一生見張らせることにした。名前も変えさせた。そして沙耶香は熊沢と駆け落ちをしたということにした。

すべては東堂家と祐希を守るためだった。

右京の声が元信の回想を破った。

「半年前、安岡さんがこの会社に警備員として配置されたのは、なにかの因縁としか言いようがありません。埋蔵金発掘プロジェクトの資料を倉庫で見つけた安岡さんは、発掘中止と沙耶香さん失踪の時期が一致していることから、沙耶香さんが憲一さんに殺され、あなたの協力によって発掘現場に埋められたと考えた」

右京の推理を、亘が引き継いだ。

「安岡さんは一計を案じた。知り合いのユアライバーを利用し、その洞窟を発掘する動画を配信することで、あなたやその周囲がなんらかの動きを見せると思ったんでしょう。でも残念ながら、そこは元々発掘現場ではなかったわけですから」

とどめを刺すのは右京の役目だった。

「一方で、安岡さんは殺されたと考えていた沙耶香さんを見かけたことで、すべてを悟ったのでしょう。真相を明らかにするよう迫られ、進退きわまったあなたが、安岡さんを殺したんですよ」

元信が特命係のふたりを一喝した。

「馬鹿なことを。どこにそんな証拠があるんだ？」

「それがあるんですよ」と声を張ったのは、そこに入ってきた伊丹だった。

「なんだ、君たちは？」

「警視庁捜査一課です。事件のあった夜八時頃、あなたはこの会社の前からタクシーに乗ってますね」

「そして、安岡さんの家のそばで降りたこともわかってますよ」

伊丹と麗音に証拠を突きつけられ、元信はソファに崩れ落ちた。

「家族が殺人犯になることがどういうことか、あんたたちならわかるだろう。それなのにあの男はすべて警察に話せと脅してきたんだ、この私を！」

あの夜、安岡は元信にこう迫った。

「あなたがやったことはわかってるんです。沙耶香さんに罪を償わせるためには、あなたにすべてを話してもらうしかないんだ」

「まったく身に覚えのない話だ」と応えると、安岡は元信を罵倒した。

「いつまでシラを切るつもりだよ！　自分の地位や名誉を守るためか？　そんなものよりな、もっと大事なことがあるはずだ！」

「お前などになにがわかる！」

元信は怒りに我を忘れ、気がつくと花瓶を安岡の頭に振り下ろしていた。

元信はこの期に及んでも、反省していなかった。

「あんな男に、私が守るべきものの重さがわかってたまるものか。あの男がなんと言おうと、すべては家族のため、祐希のためにしたことだ」

右京が元信の前に立ち、語気を強めて叱責した。

「あなたのような身勝手な人間に家族を語る資格などありませんよ！　安岡さんの言ったとおり、しょせんは自分自身の保身のための戯言に過ぎません！」

元信はなにも言い返せなかった。

「さあ、立って」

伊丹と麗音が元信を連行していった。

警視庁の取調室で、正面に座る右京に、沙耶香が訊いた。

「安岡さん、私のこと、気づいてたんですか？」

「ええ。気づいてからしばらく、ようすを見ていたようです」

「だったらなんで私のことを捕まえなかったんですか？　そうすれば、殺されることもなかったのに」

亘が安岡の考えを読んだ。

「祐希くんのために罪を隠して生きる。そう決めたあなたに無理に詰め寄れば、命を絶つ恐れすらあった」

右京が続けた。

「だから、安岡さんはあなたから罪を償う機会を奪い、人生まで奪った会長の口から真実を語らせようとしたのだと思います。定年後間もなくして奥さまを亡くした安岡さんはこう言っていたそうです。『会いたくても二度と会えないっていうのはつらいもんでな』と。安岡さんには、あなたのつらさがわかっていたのだと思います。罪を償えばまたいつか家族に会える日も来ます。安岡さんはあなたを家族のもとに帰したかったのだと思いますよ」

「祐希くん、こんなに大きくなったそうです」

亘から息子の写真を見せられ、沙耶香の口から嗚咽(おえつ)が漏れた。

その夜、右京と亘は家庭料理〈こてまり〉を訪れた。

女将(おかみ)の小手鞠こと、小出茉梨に亘が土産の紙袋を渡す。

「はい」

「まあ、ありがとうございます」受け取った小手鞠は中身を取り出した。「あら、おうどん！」

「お宝、出なかったもので」と亘。

「もちろん僕は初めから出ないと思っていましたがね」と右京。

「あれ？　随分前のめりでしたけどね」

右京と亘のやりとりを聞いて、小手鞠が笑った。

「さっそく召し上がりますか？　温かいのでいいですか？」

「あっ、いいですね。じゃあ、お願いします」

亘が頼むと、小手鞠は袋を持って奥に下がった。亘がスマホで〈ここ掘れワンワン〉の動画を再生した。

「1号と2号、今頃どうしてるんでしょうね？」

「めげずに埋蔵金探しを続けているようですよ」

「お宝、見つかりますかね？」

「まあ、男のロマンですからねえ」

右京が曖昧（あいまい）な笑みを浮かべた。

「第十一話
死者の結婚」

一

ある日の夜、多岐川（たきがわ）家のチャイムが鳴った。夫婦ふたり暮らしも長くなり、夜間に訪れる客などほとんどなくなっていた。愛子（あいこ）は不審を感じながら、インターフォンに出た。

「はい……どちらさまですか？」

ディスプレイには若い女性が映っていた。青白い顔、痩せこけた頬、長い黒髪……それだけでも愛子はギョッとしたが、訪問者の声を聞いて、さらに驚いた。

――お母さん……。会いたかった、お母さん……。

それだけ言うと、女性はその場にくずおれた。ディスプレイから消える瞬間、愛子は女性の左の目元にほくろがあるのをしかと確認した。

愛子は夫の直樹（なおき）とともに、慌てて玄関を飛び出した。女性は玄関先に倒れていた。冬の夜に外歩きするには、あまりに薄着だった。しかも裸足で、足の裏は泥だらけだった。

「未来（みらい）？　未来なの⁉」

愛子が半信半疑で呼びかけると、女性は弱々しい声で、「お母さん……」と言った。

さらに、直樹に向かって、「お父さん……」と。

直樹は女性を抱き起こし、「おい、大丈夫か？」と訊（き）いた。

女性はすすり泣いていた。涙声を詰まらせながら、懸命に訴えた。

「男の人に……ずっと監禁されて……」

「とにかく警察に」

直樹が愛子に命じると、女性は必死の形相で、「ダメ！　やめて！」と叫んだ。


一週間後の朝——。

西條知代は食材を抱えて息子を訪ねた。息子の雅弘は年季の入った一軒家で独り暮らしをしていた。

玄関のドアが半開きになっているのを訝しく思いながら、知代は息子の名を呼んだ。

「雅弘？　いい？　入るわよ」

家の中にはゴミがあふれていた。散らかり放題で異臭も漂っている。顔を顰めながら廊下を進んだ知代は、奥の部屋に息子の姿を見つけた。机に突っ伏している。眠っているようだ。

「雅弘、雅弘！」

連呼しながら近づいても反応がない。異変を感じて足を止めた知代は、息子の背中にはさみが突き刺さっているのを見て、悲鳴を上げた。

同じ朝、警視庁刑事部捜査一課の伊丹憲一は庁舎の一角で引退した刑事の黒瀬和成(くろせかずなり)と面会していた。黒瀬はウエディングドレス姿の女性の肖像画のコピーを持っていた。女性の左の目元にはほくろがあった。

「ちゃんと確認したのか？」

黒瀬に問われ、伊丹は苦笑しながら答えた。

「しましたよ、しっかりと。ですが、多岐川未来さんを保護したという報告は上がってないんですよ」

黒瀬が肖像画のコピーを伊丹に渡した。

「でもな、そっくりだったんだよ」

伊丹は描かれた女性の顔に視線を落として、「世の中には同じ顔の人間が三人いるって言いますし」と応じた。

「そうか」黒瀬が腰を上げる。「こんな老いぼれの戯言(ざれごと)に手間をとらせて悪かったな」

「そんな、黒瀬さん……」

そのとき伊丹の背後から、聞き覚えのある声がした。

「おお、きれいな女性ですね」

振り返ると特命係の冠城亘が伊丹の持つ肖像画をのぞき込んでいるではないか。

「ええ。とてもいい表情ですねえ」

亘の上司の杉下右京も反対側からのぞき込んでいた。

「こらっ、近づくな。ほら向こう行け！」伊丹が立ち上がり、亘の体を押した。「警部殿も首を突っ込まなくて結構ですから」

そこへ伊丹の後輩の出雲麗音がやってきた。

「伊丹さん、杉並で殺しです」

「ああ、わかった」伊丹が黒瀬に絵を返す。「すみません、黒瀬さん。あのふたりに近づいちゃダメですよ。災いの元凶ですから、くれぐれも」

そう言い残して、出雲とともに去っていった。

「まるで疫病神ですね、我々」亘がぼやく。

右京は黒瀬に訊いた。

「黒瀬さんとおっしゃいましたか。伊丹さんにどのようなご用件だったのでしょう？」

「はい？」

「この絵の女性がなにか？」亘も訊いた。

「いや、たいしたことじゃない」

「そうですか」と言いつつも右京は気になっていた。「わざわざ警視庁までお越しになられた。なにかよほどのことがあったのではありませんか？」

黒瀬が迷いながら打ち明けた。

「実は……生きてたんじゃないかと思ってね」

「生きてた？」亘が訊き返す。

「この子が生きて帰ってきたんじゃないかと……」

「はい？」右京の好奇心が刺激された。

右京と亘は喫茶店に場所を移して、じっくりと黒瀬の話を聞いた。

右京が肖像画を見て言った。

「この女性、多岐川未来ちゃんだったんですね」

「なんだ、事件を知ってるのか？」

博覧強記を誇る右京はさまざまな未解決事件を記憶していた。

「十三年前、多岐川未来ちゃんが失踪した事件ですね。事件が起きた当時、十歳だった未来ちゃんが学校からの帰り道、忽然(こつぜん)と姿を消した。捜索の結果、未来ちゃんのランドセルはゴミ置き場で発見されました。しかし事件は未解決。現在も行方がわかっていないはずです」

黒瀬がため息をついた。

「これは未来ちゃんの冥婚絵(めいこんえ)だ」

「冥婚絵？」亘はその言葉を初めて聞いた。

「冥婚というのは、亡くなった人を結婚させることだ」

「つまりは死者の結婚」

右京がひと言でまとめた。その隣で、亘がスマホで「冥婚」を検索した。

「あっ、これですね。未婚のまま若くして亡くなった人に対して、遺族が死後の世界での幸せを願い、仮想の結婚式を挙げる風習」

「冥婚絵は、そのようすを描写したものだ」そう説明した黒瀬に、右京が質問した。

「では、黒瀬さんは警察をお辞めになってから、冥婚絵をお描きになっていらっしゃる?」

「依頼があればボランティアでね」

亘は納得していなかった。

「でも、未来ちゃんは亡くなったと決まったわけじゃないですよね? それなのに冥婚絵ですか?」

「うん。それがご両親の希望でね。ウエディングドレスを着た、娘の幸せな姿を描いてくれ、と。その思いを汲んで、引き受けることにした。どんな青春を過ごして、家族とどんな思い出を作り、どんな女性に成長したのか……二十三歳になった彼女を想像しながら一カ月かけて描き上げた。だが、描いたことに迷いがあってね……。どうにも気になって、三日ほど前に多岐川さんのお宅を訪ねてみたんだよ。そしたら、俺が絵に描いたとおりの未来ちゃんがそこにいたんだ。そのときはまさかと思ってなにも訊けなかったんだが、やはりどうしても気になって……」

右京が話の先を読んだ。

「それで未来ちゃんが無事に保護されたかどうか、伊丹さんに調べてもらったんですね」

「うん」黒瀬が認めた。「なんか事情があって帰ってきたことを公表してないんじゃないかと思ってね」

「あっ、待ってください」亘が根本的な疑問に気づいた。「これは黒瀬さんが想像して描いた絵ですよね？　その顔と似てるからって、未来ちゃんと決めつけるのは……」

「しかし、彼女には面影があったんだ。未来ちゃんの面影が。俺の思い過ごしだったのかな……」

右京はテーブルの上の肖像画をじっと見つめた。

杉並の殺人事件の現場では鑑識員が忙しそうに働いていた。麗音がメモを見ながら被害者の身元を報告した。

「被害者は西條雅弘、三十歳、フリーター。高校を中退後、空き家だったこの祖母の家にひとりで住んでいたそうです」

伊丹は被害者の背中に目を留めた。はさみが突き刺さっている他にも、いくつもの刺し傷が認められた。

「背後からめった刺しか」

遺体を検分していた鑑識課の益子桑栄が振り返った。

「死後一週間ってとこだな」

伊丹の年下の同僚、芹沢慶二は凶器の出所について調べをすませていた。

「凶器の裁ちばさみはこの家にあったもののようですね」

死後日数の経つ遺体はかすかに腐臭を放っていた。異臭の発生源はそれだけではなかった。家全体がゴミだらけで、台所のシンクも汚れた食器や弁当殻であふれていた。部屋を見回した伊丹がひと言で評した。

「ひどいありさまだな」

「西條さんは人付き合いを極端に避けていて、家族ですらこの家に上げなかったみたいです」

麗音の報告を受けて、伊丹が見解を示した。

「これは物盗りじゃねえな」

「ってことは怨恨の線……」

芹沢が言ったとき、益子が三人を呼んだ。

「おーい、こんなもんがあったぞ」

益子は遺体から黒くて長い髪の毛をピンセットでつまみ上げていた。

「女性のものですかね？」

芹沢の意見に「ああ」と応えた伊丹は、プリンターから打ち出されていた女性の肖像画を見て、思わず独りごちた。

「なんでこれが？」

その肖像画は、黒瀬が描いた多岐川未来の冥婚絵に違いなかった。伊丹が真剣な表情になっているのに芹沢が気づいた。

「先輩、どうかしました？」

「いや……」

伊丹はとりあえず頭を整理しようと、言葉を濁した。

右京と亘は多岐川家を訪問した。門のチャイムを押すと、愛子がインターフォン越しに対応した。

——はい。

「警視庁特命係の杉下と申します」

——警視庁？

愛子の声には軽い警戒が感じられたが、見ず知らずの警察官に訪問された人間は、多少なりとも警戒するのが普通だろう。

「未来さんの事件を捜査していまして。よろしければ、お話をおうかがいしたいのですが」

――わかりました。お待ちください。

家を眺めていた亘が、窓からレースのカーテン越しに若い女性がこちらをうかがっているのに気づいて、上司に注意を促した。

「右京さん」

右京も相棒の視線を追い、女性の姿を確認した。それに気づいたのか、女性はすっと窓辺から消えた。

リビングに招き入れられた右京は、壁に飾られた黒瀬作の未来の冥婚絵に視線を向けた。絵の周りには、少女時代の未来の写真が何枚も貼られていた。

「美しい絵ですねえ。未来さんの生き生きとした表情がとてもよく伝わってきます」

愛子は顔色がすぐれず、どこかおどおどしていた。

「捜査ということは、事件になにか進展が？」

「いえ、特に有力な情報が寄せられたわけではないのですが」

右京の言葉を聞いて、愛子が顔を伏せた。

「そうですか……」

亘が冥婚絵を示した。

「ただ、これを描いた黒瀬さんから気になることを聞きまして」

亘の言葉を、右京が受けた。

「この絵の未来さんとよく似た女性をこちらでお見かけした、実は未来さんが無事にこの家に帰ってきているのではないかというお話でしてね」

亘がずばり斬り込んだ。

「あっ、ちなみにあちらにいらっしゃった女性はどなたですか？」

「ああ、遥香ちゃんのことですか。あの子は未来のいとこです。ときどき遊びに来てくれるんです」

「できれば、その遥香さんにお目にかかりたいのですが」

右京が申し出ると、亘がすかさずフォローした。

「この人、なんでもかんでも自分の目で確かめないと気が済まないものでして……」

愛子が真っすぐ見つめる右京から目を逸らした。

「遥香ちゃんは、未来の事件とは関係ありませんから」

「では、その方は未来さんではないんですね？」

「ええ。たまたま冥婚絵と似ているだけですよ」

「そうですか。それにしてもずいぶん親しくなさっているんですね」

愛子は右京の言っている意味がわからなかった。

「はい？」

「黒瀬さんがいとこの遥香さんを見かけたのは三日ほど前。それからずっとこちらに？」

「ええ」

「いつまでいらっしゃるご予定ですか？」

右京がさらに質問を重ねると、我慢できなくなったのか、隣の部屋から若い女性が憤然としてリビングに入ってきた。

「そんなこと、警察には関係ないでしょ」

「あなたが遥香さん？」

「はじめまして」

右京と亘に見つめられ、女性は眉を顰めた。

「なんですか？　ジロジロ見ないでください」

亘が女性の顔と壁の冥婚絵を見比べた。

「いや、君にそっくりだなあと思ってね」

「いとこなんだし、似てたっておかしくないでしょ。わざわざそんなことを確かめに来たんですか？」

右京が首肯した。

「それもおうかがいした目的のひとつです」

「今さらじゃないですか？　まだ犯人も逮捕できてないくせに。おばさんとおじさんを責めるくらいなら、もう放っておいてください」

愛子が女性の肩に手をかけた。

「いいのよ。未来を助けてあげられなかったのは、私にだって責任があるから……」

「でも……」女性はまだ不服そうだった。

「申し訳ありませんが、お引き取りください」

愛子が右京と亘に向かって頭を下げた。

多岐川家を出たところで、亘が言った。

「それにしても驚きましたね。ほくろの位置まで同じでした」

「しかし、彼女が未来ちゃんだとしたら、なぜご両親はそのことを隠しているのでしょう」

「たしかに」

「それと気になることがもうひとつ」右京が左手の人差し指を立てた。「愛子さんは『未来を助けてあげられなかったのは、私にだって責任があるから』と言いました。あの言葉は、どういう意味なのでしょう」

その夜、右京が特命係の小部屋で資料を読みふけっていると、調べ物を終えた亘が帰ってきた。

「右京さん、たしかに未来ちゃんにはいとこがいます。菅原遥香、二十一歳。イギリスに留学中ですが、帰国している間、多岐川家に居候してるってことですかね?」

「それだけではなんとも言えませんねえ。ですが、わかったことがひとつ。未来ちゃんの母親、多岐川愛子さんは犯人らしき男の顔を目撃していたようですよ。帰宅が遅い未来ちゃんを心配した愛子さんは、近所を捜し回り、その際、線路沿いで未来ちゃんのランドセルを持った不審な男を目撃した」

右京が亘に似顔絵を渡した。

「これが、愛子さんが目撃した男です。そして、この似顔絵を描いたのが黒瀬さんでした」

「黒瀬さんが?」

「ええ、あの黒瀬さんです。では黒瀬さんはなぜ、この事件の捜査員だったことを我々に黙っていたのか」

二

翌朝、右京と亘は黒瀬の自宅を訪問した。黒瀬は縁側にイーゼルを置いて、新たな冥婚絵を描いているところだった。

右京から捜査資料の似顔絵を渡され、黒瀬は薄く笑った。

「いやあ、別に隠すつもりはなかった」

「黒瀬さんにとって、警察官として最後の事件だったようですねえ」

「ああ。それなのに犯人を検挙できなかった。多岐川さんの目撃証言が大きな手がかりだったのに。似顔絵捜査官として忸怩たる思いだよ」

右京が似顔絵に目をやった。

「黒瀬さんがとても優秀な似顔絵捜査官であったことは、ひと目見てわかりました。捜査で用いる似顔絵の作成は、目撃者の頭の中の記憶を形にする極めて困難な作業です。しかしこの似顔絵は、顔の輪郭、目、鼻、口、どの線も迷いなく引かれ、細部に至るまでよく描き込まれています」

亘も右京と同意見だった。

「これがあれば犯人を捕まえられる。そう思える似顔絵ですね」

「実際、工藤雄一郎という男が重要参考人として浮かび上がったようですね」

右京が工藤の写真を取り出した。尖った顎、吊り上がった目、無精ひげ……似顔絵は写真の工藤によく似ていた。黒瀬が写真を憎々しげに睨んだ。

「こいつには過去に小学生の女の子を拉致・監禁した前科があった。未来ちゃんを連れ去ったのは、この工藤雄一郎だ」

「しかし、工藤逮捕には至らなかった」

右京の指摘に、黒瀬は苦々しくうなずいた。

「犯行を裏付ける決定的な証拠をそろえられなかった。たとえ似顔絵と似ていても、それだけじゃ立件は難しい。ところで、あの子はどうだった？」

黒瀬の質問には、亘が答えた。

「未来ちゃんのいとこだそうです。ただ、まだそれが事実か、確認はとれてませんが」

そこへ狙いすましたようなタイミングで、伊丹が現れた。

「特命係には首を突っ込むなとお願いしたはずですが」

右京が苦言を受け流す。

「おやおや、伊丹さん。我々にはお気遣いなく」

伊丹は咳払いをして、黒瀬に向き合った。

「実は黒瀬さんにお聞きしたいことがありまして」

「ああ、なんだ？」

伊丹が黒瀬に男の写真を渡す。

「この男に見覚えはありませんか？」

写真の男も顎が尖っていたが、それ以外は工藤とは似ても似つかず、端整な顔立ちだった。

「誰だ？」

「西條雅弘、三十歳。昨日遺体で発見されました」

「遺体？　いや、俺は知らんな」

「実は、西條の自宅からこれが」伊丹が次に取り出したのは、多岐川未来の肖像画だった。「これ、黒瀬さんが描かれた冥婚絵ですよね？」

「ああ。でもなんでこれが？」

「おそらく、黒瀬さんのホームページからプリントアウトしたものかと」

「俺はなにも知らんぞ」

「非常に興味深いですねえ」

好奇心に目を輝かせる上司に呆れるかのように、亘が訊いた。

「もう、なにがですか？」

「十三年前の未来ちゃんの失踪事件と、多岐川家の謎の女性、そして西條雅弘さん殺害事件。すべてがこの冥婚絵で結びついているのですから……」

右京は思わせぶりに言った。

特命係の小部屋に戻った右京はパソコンで黒瀬のホームページを眺めていた。そこへ組織犯罪対策五課長の角田六郎がおなじみの挨拶である「暇か？」を口にしながら、ふらっと入ってきた。勝手知ったるようすで特命係のコーヒーサーバーから持参したマイマグカップにコーヒーを注ぐと、右京のパソコンをのぞき込む。

「ああ、これ」

「かつて刑事だった黒瀬さんという方が、ご自分で描いた冥婚絵をホームページで公開しているんです」

「死んだ子供にも結婚式を挙げさせたい、か。親の愛ってものは底が知れないね」

そこへ亘が戻ってきた。

「右京さん、殺された西條雅弘は未来ちゃんと接点がありました」

「接点とは？」右京が問う。

「ピアノです」

と、サイバーセキュリティ対策本部の特別捜査官、青木年男が怒りで顔を赤くして入ってきた。

「おい冠城亘。勝手に手柄を独り占めするな。僕が調べてやったんだぞ。十三年前、ふたりは同じピアノ教室に通っていたことがわかったんです」

「ほう」

亘が右京をまねて右手の人差し指を立てた。

「そこでひとつ仮説を」

「どうぞ」右京が相棒を促した。

「十三年前、未来ちゃんを連れ去ったのは西條雅弘。西條は未来ちゃんを連れ去り、空き家だった祖母の家に監禁していた。ところが最近になって」

右京が亘の仮説の続きを読んだ。

「未来ちゃんが西條を殺害して逃亡。事情を知ったご両親は警察には通報せずに、いとこの遥香さんとして未来ちゃんをかくまうことにした」

「どうでしょう？」

亘が右京の反応をうかがう。

「ということは、遥香さんが実は未来ちゃん、ということになりますが、まずはそこが証明されない限り、単なる仮説に過ぎないでしょうね」

右京に及第点をもらえずやや肩を落とす亘を、青木が嘲った。

「ほら見ろ。自分の妄想に人を巻き込むな、冠城亘」

「お前も乗ってたじゃねえか」

そのとき青木はホワイトボードに貼られた多岐川未来の冥婚絵に初めて気づいたようだった。絵に近づいてまじまじと見つめた。

「えらい別嬪(べっぴん)さんだよな」

角田の言葉に、青木は「ええ、たしかに」と返したが、どこかうわの空だった。

「この女性はどこのどなたでしょう?」

右京が目を丸くした。

「君、どうしました?」

「お前、タイプなんだな?」

亘がからかうと、青木は絵をボードに戻した。

「タイプなんかじゃ、絶対ない!」

やけに大声で言い切り、青木は部屋を出ていった。


その夜、多岐川家の未来の部屋では、遥香がベッドに座って泣いていた。愛子が入ってきて、遥香を抱きしめた。

「大丈夫。もうなにも心配いらないのよ」

肩を震わせる遥香に優しい声で続けた。

「お父さんとお母さんがそばにいるから」

そのとき、チャイムが鳴った。直樹がインターフォンに出ると、ディスプレイに目つきの悪い男が映っていた。男はスーツの内ポケットから警察手帳を取り出し、カメラに向かって掲げた。

「警視庁捜査一課の伊丹といいます」

　直樹と愛子が玄関のドアを開けると、伊丹が用件を述べた。直樹がそれを繰り返す。

「DNAの採取ですか？」

「ご協力いただけませんか。できれば未来さんのいとこの方にも」

「お断りします」愛子が目に脅え(おび)を浮かべて拒否した。「そもそも西條雅弘って人、私たちはなにも知らないんですから」

　伊丹が直樹と愛子をねめつけた。

「遥香さんという方、本当に未来さんのいとこなんですかね？」

「どういう意味ですか？」

　直樹が声を荒らげた。

「警察としてはこのまま看過できませんよ」

「帰ってください」

　愛子の声は悲鳴のようだった。

「また改めてうかがいます」

伊丹が立ち去ると、遥香が現れた。

「警察の人、なんだって？」

「心配いらない。大丈夫だから」愛子が無理に笑みを浮かべた。「今度こそ、私が未来を守る」


右京は西條と未来が通っていたというピアノ教室へ向かった。講師の松尾紗月（まつおさつき）は四十歳ほどで、長らくこの地でピアノ教室を開いているという。

右京が訪ねたとき、紗月は中学生くらいの少年の個人レッスンをしていた。それが終わるまで、右京はレッスン風景を眺めていた。少年が間違えるたび、紗月はその手を取って熱心に指導していた。

しばらくするとレッスンが終わったので、右京は来意を告げた。十三年前の生徒のことを、紗月ははっきりと覚えていた。

「はい。たしかに西條くんと未来ちゃんは私が教えてました」

「当時おふたりは顔見知りだったのでしょうか？」

右京の質問に、紗月は首を傾げた。

「どうでしょう。個人レッスンですからね。顔を合わせる機会はなかったと思いますよ」

「そうですか」

「あのう」紗月が身を乗り出した。「未来ちゃんの失踪に西條くんが関係してるんですか？」

「そこはまだ捜査中なものですから」

「西條くんの事件もニュースで見て、もう驚いてしまって。犯人、まだ捕まってないんですか？」

「残念ながら。早く捕まるといいのですが……」

右京は答えながら、壁のコルクボードに貼られた写真に目を走らせた。ピアノの前で男の子とともにピースサインを作る写真や女の子と連弾をしている写真など、紗月が生徒と一緒に写ったものばかりだった。

「未来ちゃんの失踪直後に、西條さんはこちらのピアノ教室を辞められたそうですねえ。高校にも行かなくなってしまったようで」

「そうなんですか」紗月が目を瞠る。「突然ピアノをやめるとお母さまから連絡をもらって、それっきりになってしまったものですから……」

右京が思案しながらピアノ教室を出たところで、スマホが振動した。西條の家を捜索している亘からの着信だった。

「なにか出ましたか？」

──未来ちゃんが監禁されてた痕跡はなかったものの、見つけましたよ、気になるもの。

「なんでしょう？」

──手袋です。子供用の手編みの手袋が仏壇の引き出しに。

右京と亘は多岐川家の前で待ち合わせをし、一緒に訪問した。

亘が持参した手編みの小さな手袋を前にして、愛子の目に涙が浮かんだ。

「間違いありません。未来の手袋です。私が編んであげた……」

「これをどこで？」

直樹の声には緊張が感じられた。亘が答える。

「西條の自宅で発見されました」

「西條って、この間殺されたっていう……」

不安そうな愛子に、右京がうなずいた。

「そのとおりです」

「いなくなる前の日、あの子、この手袋の片方をどこかに置き忘れたって言って……」

右京が十三年前の、高校時代の西條の写真を見せた。

「彼が西條雅弘。当時高校二年生でしたが、見覚えはありますか？」

「知らない人です」直樹がきっぱり否定した。

「当時の多岐川さんの目撃証言をもとに描かれた似顔絵がこちらです」亘が吊り目の男の似顔絵を西條の写真の横に並べた。「似てませんよね。黒瀬さんの描いた似顔絵に、少しも」

「似顔絵のできばえは、目撃者がどれだけ正確にその顔を記憶しているかにかかっています。また、その記憶をいかに具体的に似顔絵捜査官に伝えられるかにも大きく左右されます。多岐川さん。この似顔絵の男を本当に見たのですか？」

右京が問い質すと、愛子は言葉を詰まらせた。

「それは……」

あのときの光景が愛子の脳裏にフラッシュバックする。踏切の警報機の音……線路の向こうを歩いていく男……男が抱えている未来のランドセル……男の着ているパーカー……フードの陰からチラッとのぞく男の尖った顎。

「私は男の顔を一瞬しか……」

「その記憶を具体的に証言できましたか？」

右京に詰問され、愛子のただでさえ青白い顔がさらに漂白されたようになった。

「それは……」

息が荒くなり、愛子は胸を押さえてうずくまった。直樹が妻に駆け寄った。

「愛子！　おい愛子！」

「大丈夫ですか？」

右京も心配になって問いかけたが、返事はなかった。

と、ドアが開いて遥香が入ってきた。

「大丈夫？　ねえ、大丈夫、お母さん！」

「冠城くん、救急車」

右京が緊迫した声で命じた。

すぐに救急車が到着し、愛子は救急隊員たちによってストレッチャーに乗せられた。

そばに駆け寄った遥香に、愛子が謝った。

「ごめんね」

「大丈夫、もうしゃべらなくていいから」

愛子はそれでもしゃべり続けた。

「私が犯人の顔をちゃんと見てれば、未来はつらい目に遭わずにすんだのに……」

「もうわかったから！」

愛子に付き添うために慌てて身支度を整えた直樹が、特命係のふたりに明かした。

「愛子はもう長くないんです。余命半年……そう宣告されたのが三カ月前です。末期のがんなんです。未来のことを忘れずに捜査してくださることには本当に感謝しています。ですが、どうかそっとしておいていただけないでしょうか。よろしくお願いします」

直樹に深々と頭を下げられ、右京も亘も言葉をなくした。


遥香はホームページの情報から黒瀬の家を突き止めていた。ドアを乱暴に叩くと黒瀬が出てきて、遥香の顔を見て驚いた。

「き、君は……」

遥香はいきなり食ってかかった。

「お母さんは男の顔をはっきり見ていなかった。なのになんであんな似顔絵が描けたの？」

「君は……本当に未来ちゃんなのか？」

遥香は黒瀬の言葉を無視して、声高に迫った。

「答えてよ！　犯人はあの似顔絵の男じゃなかった。なのにあんたがあんなデタラメな絵を描いたせいで私は……。お母さんは！　答えなさいよ！」

遥香は黒瀬の胸元をつかみ、力任せに揺さぶった。

そこへ右京と亘が現れた。

「やめなさい！　力ずくで話を聞き出そうとするのは感心しませんね」

右京に一喝され、遥香は走り去った。右京は黒瀬に向き合った。

「黒瀬さん。似顔絵を捏造(ねつぞう)したあなたを見過ごすわけにもいきません」

黒瀬が自分に言い聞かせるように言った。

「犯人はあいつに……工藤に間違いないはずだ」

「しかし、あなたは愛子さんの証言をもとに描いたのではなく、工藤雄一郎の写真を見て似顔絵を描いた。違いますか？」

右京が迫ると、黒瀬はその場にへたりこんだ。

「似顔絵だけが犯人にたどり着く手掛かりだった。多岐川さんは男の顔を覚えてなかった。とてもじゃないけど、似顔絵なんて描けなかった」

右京がさらに追及する。

「工藤雄一郎が過去に起こした少女の拉致・監禁事件を調べました。当時、工藤を逮捕したのはあなたでした」

「未来ちゃんの事件も、工藤の仕業に違いないと思った。すでに出所してたし、当日のアリバイもなかった」

「ですが、結果的にあなたはあらぬ容疑で工藤雄一郎を犯人に仕立て上げようとした。警察官として心から恥じ入るべきです」

右京に正論を突きつけられ、黒瀬は唇をかみしめた。

「犯人はあの西條という男なのか？」

「おそらく間違いないと思います」

黒瀬が室内の電話機に目をやった。

「じゃああの電話は……」

黒瀬によると、男の声でこんな電話があったという。

――冥婚絵を見て目が覚めました。僕が未来ちゃんを殺して、遺体は山の中に埋めました。ごめんなさい。自首しようと思います。

「いつその電話が？」

亘の質問に、黒瀬は「十日ほど前だ」と答えた。

特命係の小部屋に戻ったふたりは、伊丹に情報を伝えた。

「黒瀬さんへ電話をかけてきたのは、西條ってことですか？」

伊丹の質問に答えたのは、亘だった。

「おそらく。そして西條は自首する前に何者かに殺された」

「ちょっと待て。じゃあ、多岐川家にいる遥香って女性は何者なんだ？　渡航歴を当たったが、いとこの菅原遥香さんが帰国した記録はなかったぞ。っていうかちゃんと聞いてます、警部殿？」

じっと黙考していた右京が、唐突に電話の内容を復唱した。

「『僕が未来ちゃんを殺して、遺体は山の中に埋めました』」

「は？」伊丹が戸惑う。

「気になりませんか？　西條は当時高校生。相手が小学生の女の子とはいえ、ひとりで、しかも遠くの山の中に遺体を埋めたりできますかね？」

「たしかに。ひとりじゃ難しいでしょうね」

亘が認めると、右京は右手の人差し指を立てた。

「ひとり、心当たりのある人物がいます」

三

特命係のふたりは伊丹を伴って〈松尾紗月ピアノ教室〉へ向かった。突然やってきた刑事たちに、紗月は苛立っていた。

「次のレッスンが入ってるんですけど、なにか？」

右京が口火を切る。

「未来ちゃんは十三年前に、西條雅弘によって殺害されていました」

「えっ、西條くんが？」

「事件があった日、未来ちゃんは学校の帰りにこのピアノ教室に来ていますね？」

「いえ、あの日レッスンはなかったと思いますけど」

「たしかに」亘は紗月の主張を認めた。「多岐川さんに確認したところ、未来ちゃんのレッスンは事件の前日でした」

「じゃあ……」

言いかける紗月に、亘が証拠品袋に入った手袋を見せた。

「これが西條の自宅で発見されました」

紗月の顔に動揺が走るのを見て、右京が攻め込んだ。

「未来ちゃんはこの手袋を取りに来たんですよ。前日のレッスンで、ここに手袋を忘れてしまったことを思い出して、学校の帰りに寄ったのでしょうねえ」

「そのとき教室にいたのがあなたと西條雅弘だった」

亘の言葉を受けて、右京が問い詰めた。

「松尾紗月さん、事件にはあなたも関わっていますね？」

「いい加減にしてください。なんで私が？」

「考えられるのは、人に知られたくない秘密を未来ちゃんに見られてしまったから、でしょうか。レッスンは生徒と講師の一対一でおこなわれる。おおよその見当はつきます」

右京の脳裏には、先日ここを訪ねた際、少年の手を取って親密そうに指導する紗月の姿が浮かんでいた。

伊丹が証拠品袋に入ったミサンガを見せた。

「これ、なにかわかりますよね？　西條の母親から預かってきました。高校生の頃、西條が身に着けていたものだそうです」

「これと同じデザインのものを、あなたも以前着けてらっしゃいましたね？　ほら、ここ」

右京がコルクボードの写真を指した。右京が右手の人差し指を立てた。生徒とともに連弾する紗月の手首には西條と同じミサンガが認められた。

「それともうひとつ。西條の遺体に毛髪が付着していました。女性の毛髪です」

亘が切り札を突きつける。

「DNAを照合して一致すれば、あなたの犯行であることが証明されます」

「いかがでしょう？」

右京に迫られ、紗月は崩れ落ちるように椅子に座り込んだ。

「自首したいだなんて言いだすから……」

西條は過去をすべて捨て、紗月とも縁を断っていた。そんなある日、西條が未来の冥婚絵をたまたまネットで見つけた。それを見た西條は錯乱状態となり、突然紗月に電話をかけた。そして自首すると決意を伝えた。それを止めるため、紗月は西條を訪ね、部屋にあった裁ちばさみで西條に襲いかかったのだった。

「未来ちゃんを手にかけたのは、西條との関係を知られてしまったからですね」

亘の言うとおりだった。観念した紗月により、事件当日のようすが明らかになった。

その日は西條の個人レッスンの日だった。紗月はレッスンもそっちのけに、西條の若い肉体を貪っていた。そこへ未来が忘れた手袋を取りにきたのだ。

見てはいけない光景に出くわした未来は、びっくりして逃げ出した。それを西條が追いかけた。非常階段を駆け下りる未来のランドセルをつかんだとき、未来は足をすべらせて階段を転げ落ちた。紗月が衣服を整えて駆けつけたときには、未来は息をしていなかった。

「……未来ちゃんをスタジオに運んで、トランクに入れて隠して、ふたりで山に埋めました。ランドセルは捨てさせました。そのとき、一緒に手袋も捨てさせたはずなのに」

「ランドセルを捨てに行く西條を愛子さんが目撃したんですね」

右京にとどめを刺され、紗月は取り乱した。

「しょうがなかったんです！　私には夫もいたし、この教室だって、生徒だって、失いたくないものがたくさんあった。だから！」

身勝手に言い募る紗月を、右京が厳しく叱責した。

「あなたが失いたくなかったもの。それよりもはるかに多くのものを、未来ちゃんとその家族は失い、今も取り戻せずにいます。その喪失感と絶望を、あなたは一度でも考えたことがありましたか？　ありましたか！」

ひと言も言い返せない紗月に、伊丹が静かに言った。

「行きましょうか」


翌日、紗月の供述どおり、山の中から白骨化した未来の遺体と遺品が見つかった。

それを受けて、右京と亘は遥香と名乗る女性を運河沿いの公園に呼び出した。

「なんですか、話って」

亘が前に出た。

「多岐川未来ちゃんとみられる遺体が発見されました」

「えっ？」

右京が続いた。

「一刻も早くご両親に確認をお願いしなければならないところですが、その前に……。いつまで続けるおつもりですか？　未来ちゃんやいとこの遥香さんになりすますことを」

「俺たちの仲間に、いつまでも根に持つタイプの男がいてね……」

亘が言っているのは青木のことだった。冥婚絵への反応がおかしかったので問い詰めると、青木が白状したのだった。

――この女だ！　絵を見てピンときたんだ。僕の黒歴史にはっきりと刻まれた女だって！

「……そいつをだまして、ガールズバーで思い切りぼったくったみたいだね」

「ごめん。覚えてないけど」

本当に覚えていないようすの女に、亘が本名を突きつけた。

「相手が悪かったね。君の本名は梶本彩奈(かじもとあやな)。調べたら、補導歴がわんさか出てきたよ」

「全部バレちゃってんだ」彩奈が左の目元を拭うと、ほくろが消えた。「ガールズバーの客引きしてたら、あのお父さんがやってきて。最初は私のこと、本当に未来ちゃんだと思ったみたい」

「直樹さんには君が未来ちゃんに見えたんだろうね」

右京が直樹の気持ちを汲んだ。

「多岐川愛子さんは末期がんの告知を受けています。余命は残りわずか。亡くなる前に未来ちゃんは無事だったと安心させてあげたい。直樹さんはそう思ったのでしょうねえ」

彩奈が小さくうなずいた。

「なに言ってるの、とは思ったけど。それから毎日店に来て、なんだか必死すぎたし。それに、たくさんお金もくれるって話だったから」

右京が推理力を働かせた。

「長い間監禁されていてそこから逃げ出してきた。そういう筋書きであなたは未来ちゃんになりすました。そして疑念を持たれないように、周囲にはいとこの遥香だということにした」

「そう。そのとおり。なんでもお見通しなんだ」

「愛子さんを騙すことに胸が痛まなかった？」

亘が尋ねると、彩奈は逆に訊き返した。

「お母さんが気づいてないと思う？　母親だよ。いくら絵に似てたって、私が本物の未来ちゃんじゃないことぐらい、気づいてるよ」

右京もそこまでは思い及んでいなかった。

「なるほど。そういうことですか。愛子さんは、直樹さんの優しさを汲んで、気づかないふりをしているんですね」

「そう。ずっと一緒にいたからそれがわかるんだ。でもね、本当に楽しそうなの。お父さんが言ってた。私が来てから、ずいぶんお母さんの加減がよくなったって」

かすかに笑みを浮かべる彩奈に、右京が言った。

「十三年もの間止まっていた時計の針が、あなたが現れたことによって、少し動きだしたのかもしれませんね」

「本当にいい人たちなんだよ。不器用だけど、お互いのことを思い合ってて、私もこんな家に生まれてたらなって」彩奈が視線を宙にさまよわせた。「で、どうするの？　私を捕まえる？」

「もちろん、我々は捕まえたりはしませんよ」

右京の言葉を受けて、彩奈は深々と頭を下げた。

「ありがとうございます。じゃあ、私行くね。お母さん、病院から戻ってると思うんで」


その夜、右京と亘が家庭料理〈こてまり〉へ行くと、カウンターに意外な先客がいた。入ってきた右京と亘を見て、伊丹はわざとらしくつぶやいた。

「これは参ったたな。まさか特命係の行きつけの店だったとは。あっ、お勘定」

女将（おかみ）の小手鞠こと小出茉梨は、伊丹に「はい」とうなずくと、右京と亘には「いつものでよろしいですか？」と訊いた。

伊丹が咳払いをした。

「これは独り言ですけど……黒瀬さんと会った。未来ちゃんの事件で犯した自分の過ちと、ようやく向き合えるようになったとさ。多岐川さん夫婦にも謝罪に行くって言ってたなあ」

右京がいつもの席に座る。

「彼のやったことは許されることではありません。ただ……」

亘も席に着いた。

「黒瀬さんの描いた冥婚絵によって、未来ちゃんの事件が解決した」

「ええ」

「まあ、特命係の余計なおせっかいもたまには役に立つってことで。これも独り言だな」

「ありがとうございます」

小手鞠が勘定書を渡すと、伊丹はしばし考えてから一万円札を二枚出した。

「ふたりのお代もこれで。お釣りは結構」

そして、特命係のふたりに挨拶することもなく出ていった。

「どういう風の吹き回しですかねえ」

亘が訊くと、小手鞠が言った。

「おふたりがいらっしゃるのを、怖いお顔をしてずっと待っていらっしゃいましたよ」

右京が伊丹の心中を推察した。

「我々に対する伊丹さんなりの気持ちでしょうか」

「だったら、はっきりそう言えばいいのに」

亘がにやりとするのを見て、小手鞠も笑った。

「ああ見えて、かわいいところがおありなんですね」

「人は見かけによらないとは、よく言ったものですねえ」

右京がしみじみと言った。

相棒 season 20（第８話～第13話）

STAFF

エグゼクティブプロデューサー：桑田潔（テレビ朝日）
チーフプロデューサー：佐藤凉一（テレビ朝日）
プロデューサー：髙野渉（テレビ朝日）、西平敦郎（東映）、
土田真通（東映）
脚本：輿水泰弘、瀧本智行、川﨑龍太、根本ノンジ、太田愛、
斉藤陽子
監督：守下敏行、蔵方政俊、権野元
音楽：池頼広

CAST

杉下右京……………………………水谷豊
冠城亘……………………………反町隆史
小出茉梨…………………………森口瑤子
伊丹憲一…………………………川原和久
芹沢慶二…………………………山中崇史
角田六郎……………………………山西惇
青木年男…………………………浅利陽介
出雲麗音………………………篠原ゆき子
益子桑栄…………………………田中隆三
大河内春樹………………………神保悟志
中園照生……………………………小野了
内村完爾…………………………片桐竜次
衣笠藤治…………………………杉本哲太
社美彌子………………………仲間由紀恵
甲斐峯秋…………………………石坂浩二

制作：テレビ朝日・東映

第8話　初回放送日：2021年12月8日

操り人形

STAFF

脚本：瀧本智行　監督：守下敏行

GUEST CAST

藤島健司 ………… 下條アトム　　田中美鈴 ………… 白川和子

第9話　初回放送日：2021年12月15日

生まれ変わった男

STAFF

脚本：川﨑龍太　監督：蔵方政俊

GUEST CAST

吉岡翼……………… 今井悠貴

第10話　初回放送日：2021年12月22日

紅茶のおいしい喫茶店

STAFF

脚本：根本ノンジ　監督：蔵方政俊

GUEST CAST

大杉瑞枝 ………… 麻丘めぐみ　　真鍋弘明 ………… 酒井敏也

第11話
初回放送日：2022年1月1日

二人

STAFF

脚本：太田愛　監督：権野元

GUEST CAST

湊健雄（若槻正隆）…イッセー尾形　冠城由梨……………飯島直子
早瀬新………………西山蓮都　袴田茂昭………片岡孝太郎

第12話
初回放送日：2022年1月19日

お宝探し

STAFF

脚本：斉藤陽子　監督：権野元

GUEST CAST

安岡宏………………小宮孝泰　東堂元信…………目黒祐樹

第13話
初回放送日：2022年1月26日

死者の結婚

STAFF

脚本：川﨑龍太　監督：権野元

GUEST CAST

菅原遥香……………山本舞香

相棒（あいぼう） season20　中　朝日文庫

2022年11月30日　第1刷発行

脚　　本　興水泰弘（こしみずやすひろ）　瀧本智行（たきもとともゆき）　川﨑龍太（かわさきりゅうた）
　　　　　根本（ねもと）ノンジ　太田愛（おおたあい）　斉藤陽子（さいとうようこ）
ノベライズ　碇（いかり） 卯人（うひと）

発 行 者　三 宮 博 信
発 行 所　朝日新聞出版
　　　　　〒104-8011　東京都中央区築地5-3-2
　　　　　電話　03-5541-8832（編集）
　　　　　　　　03-5540-7793（販売）
印刷製本　大日本印刷株式会社

定価はカバーに表示してあります

ISBN978-4-02-265074-0

落丁・乱丁の場合は弊社業務部（電話 03-5540-7800）へご連絡ください。

送料弊社負担にてお取り替えいたします。